Martin Walser

Die Zimmerschlacht

Übungsstück für ein Ehepaar

Mit einer autobiographischen Skizze
des Autors

Philipp Reclam jun. Stuttgart

Der Text folgt: Martin Walser: Gesammelte Stücke. Frankfurt a. M.: Suhrkamp, 1971. (suhrkamp taschenbuch. 6.)

Universal-Bibliothek Nr. 7677
Lizenzausgabe mit freundlicher Genehmigung des Suhrkamp-Verlages.

Herstellung: Reclam, Ditzingen bei Stuttgart. Printed in Germany 1981
ISBN 3-15-007677-3

Für Fritz Kortner

Geschrieben 1962/63. Die Uraufführung war am
7. Dezember 1967 in den Kammerspielen München
unter der Regie von Fritz Kortner.

Personen

FELIX

TRUDE

Das Wohnzimmer der Familie Fürst liegt im Parterre. Nach hinten führt eine zweiflügelige Tür in den Garten. Nach links eine Tür in das Schlafzimmer, nach rechts eine Tür in den Flur. Im Wohnzimmer: Schreibtisch, Regale mit Fachbüchern, Sitzecke, ein Klavier. Das Zimmer macht einen überfüllten Eindruck, die Möbel sind mindestens 15 Jahre alt, es hat sich zuviel angesammelt, was man nur deswegen nicht weggeworfen hat, weil man nicht umgezogen ist. In der Nähe des Schreibtischs eine Vitrine, die Gesteinsproben zeigt. Das Bühnenbild muß nicht die ganze Bühne ausfüllen.

Felix nimmt den Hörer ab und wählt eine fünfstellige Nummer. Er spricht halblaut, schaut während des Sprechens zur Tür, durch die Trude verschwunden ist. Offensichtlich soll sie nicht hören, was er sagt.

FELIX. Herr Neumerkel? Ja, hier Fürst. Es bleibt dabei, wir gehen nicht hin. Auch wenn er anruft. Er wird das Äußerste versuchen. Bitten, drohen, uns gegeneinander ausspielen. Darauf muß man gefaßt sein. Gott sei Dank kennt man Bennos Rhetorik. Mengel sagt, bei ihm beißt Benno auf Granit. Ich gestatte mir hinzuzufügen: bei mir beißt er auf Diamant. Natürlich um seinetwillen! Völlig Ihrer Meinung, Herr Neumerkel. Man muß ihm endlich zeigen, was geht und was nicht geht.

Trude von links. Sie bringt ein frisches Hemd.

Also, Herr Kollege, es wird sicher ein denkwürdiger Abend für uns alle. Danke. Bitte, das gleiche für die Ihre.

Er legt auf.

TRUDE. Wer war das?

FELIX. Ach, nur Neumerkel.
TRUDE. Brechen die schon auf?
FELIX. Du trägst das Hemd wie einen Täufling, Trude.
TRUDE. Daß du siehst, wie man dir alles nachtragen muß.
Als Felix sieht, daß sie gleich bei ihm sein wird, dreht er sich um, geht rasch, tut, als suche er etwas. Trude hinter ihm her. Felix würde am liebsten davonrennen vor dem Hemd, aber er beherrscht sich. Er sucht nach Ausflüchten.
FELIX. Das hat was Apokalyptisches, Trude, hier hab ich die Manschettenknöpfe hingelegt...
TRUDE. Zieh das Hemd an, Felix.
Felix dreht sich ganz rasch um zu Trude, greift dabei nach der Krawatte, die über einer Stuhllehne hängt und stopft sie in die Tasche, ohne daß Trude es sieht.
FELIX. Und die Krawatte, Trude. Was sich diese Kleinigkeiten erlauben. Über diesen Stuhl hab ich sie gehängt, die ochsenblutrote, weil du befohlen hast, heut geht nur die ochsenblutrote, also häng ich die ochsenblutrote über den Stuhl, bewache sie, weil ich doch weiß, die Kleinigkeiten nützen es aus, wenn du in Eile bist, und wie ich mich nach den Knöpfen umschau, schon ist die ochsenblutrote weg. Trude, das hat was Apokalyptisches.
TRUDE. Felix, du Redner. Da, was ist denn das? *Zieht ihm die Krawatte, die ein Stück aus der Tasche hängt, heraus.*
FELIX. Ach. Das ist besonders schlau von der ochsenblutroten. Mir in die Tasche zu schlüpfen, weil sie denkt: da sucht sie keiner. Na warte.
TRUDE. Da, das Hemd zieh an und Schluß.
FELIX. Ohne die Manschettenknöpfe...

TRUDE. Zuerst das Hemd jetzt...

FELIX *gibt den gespielten, lustig-verzweifelten Ton dessen, der beim Ankleiden nichts mehr findet, auf, läßt sich in einen Sessel fallen:* Nein.

TRUDE. Wir kommen zu spät.

FELIX. Ach, Trude. *Springt auf. Versucht wieder den jungen Ehemann zu spielen; leicht und erregt:* Warum verlassen wir dieses Zimmer? Unsere selige Wohnung, Trude! Haben wir nicht geschnauft wie verrückt vor Aufregung, bis wir endlich sowas hatten, was man radikal zuschließen kann. Ich hab das Gefühl noch im Hals und in den Knieen, wie ich zum ersten Mal den Schlüssel umdreh und draußen war draußen und hier waren wir. Du und ich: Und jetzt ein paar Jahre später...

TRUDE. Ein paar Jahrzehnte.

FELIX. Zwei Jahrzehntchen später hältst du es nicht mehr aus mit mir. Einen einzigen Abend.

TRUDE. Das paßt zu dir. Wenn wir eingeladen sind, kommst du mit sowas. Sag ich aber morgen abend, so, jetzt, Felix, die Tür ist verriegelt, draußen ist draußen, wir sind allein, dann mußt du noch eine Gesteinsprobe beschriften. Und vierzehn Hefte korrigieren.

FELIX. Heut wär ich frei, Trude.

TRUDE. Zugesagt ist zugesagt, Felix. Jetzt warten sie. Morgen machen wir einen großen Abend. Wenn du willst.

FELIX *gibt sich gedrängt, zärtlich:* Trude, fühl meinen Puls. Mein Herz, wenn du kannst. Darf man sowas verschieben.

Er umarmt sie.

TRUDE. Nicht, Felix, die Haare.

FELIX *tut enttäuscht:* Die Haare, natürlich. Die Haare.

TRUDE. Wir können doch nicht einfach wegbleiben, Felix. Bloß weil du gerade so eine Stimmung hast. Um dreiviertelneun ist deine Stimmung vorbei, dann gehen wir doch, kommen aber zu spät. Keinem kannst du erklären, warum. Also bleibt es wieder an mir hängen. Sie lachen über mich. Und du lachst mit, weil du weißt, ich sag schon nicht, wie es zu der Verspätung kam. Bitte, Felix, zieh jetzt das Hemd an.

FELIX. Ich werde sagen: Liebe Freunde, es hat mich überwältigt. Ich kann ihr einfach nicht zusehen, wie sie sich ankleidet. Das schiere seidene Weiberzeug auf Stöckelschuhen. Freunde, da verlier ich einfach mein Zeitgefühl.

TRUDE. Felix, fehlt dir was?

FELIX. Du. *Er nähert sich wieder.*

TRUDE. Nicht. Felix.

FELIX. Die Haare!

TRUDE. Dein Hemd. Bitte. Felix. Wenn wir mit den anderen kommen, fallen wir am wenigsten auf.

FELIX. Und wenn wir überhaupt nicht kommen.

TRUDE. Felix. *Sie legt das Hemd weg. Er zieht die Schuhe aus.* Nicht die Schuhe ausziehen, Felix. Nachher ziehst du sie ja doch wieder an.

FELIX. Wohl kaum.

TRUDE. Wo willst du hin?

FELIX. Die Schuhe versorgen.

TRUDE. Bevor du die Schuhe versorgst, rufst du an und entschuldigst uns. *Trude beginnt, ihre Nägel zu richten.*

FELIX. Lächerlich, Trude. Überleg doch mal, wie komme ich dazu, mich zu entschuldigen. So einen Begriff hast du von mir. Das erste, was dir einfällt: ich soll mich entschuldigen. Ich entschuldige mich nicht. *Er will mit den Schuhen ins Schlafzimmer.*

TRUDE. Felix, nachher, wenn wir wirklich bleiben, versorg ich die Schuhe schon. Stell sie einfach hin. Da, wo du jetzt stehst, lieber Felix. Ja, sei lieb. Schön stell sie hin und zieh das Hemd an.

FELIX *zögert.*

TRUDE. Weil du mir besser gefällst in so einem frischen Hemd, bitte.

Felix zieht das Hemd an.

TRUDE. Und dann rufst du an und sagst, daß wir nicht kommen.

FELIX. Hab ich dir nicht gesagt, daß ich nicht daran denke, mich zu entschuldigen.

TRUDE. Wer sagt denn was von entschuldigen, Felix. Nur mitteilen, daß Benno weiß: Herr und Frau Dr. Fürst kommen nicht. Das gehört sich einfach, Liebling.

FELIX *hat seine Hausschuhe geholt:* Dann laß mich doch bitte auch mal etwas tun, was sich nicht gehört. Trude, das gibt die richtige Basis für unseren Abend. Wir tun heute alles, was sich nicht gehört. Soll doch Benno endlich mal erfahren, die ganze Clique soll es spüren, daß ich auch einmal etwas tun kann, was sich nicht gehört. Ich mach mich doch lächerlich mit meiner Korrektheit. Doch, doch. Ich bin jetzt in dem Alter, in dem sich die komischen Züge einschleichen wollen. Da heißt es aufpassen, Trude. Dem Neumerkel haben sie in der Sechsten einen Hamster auf die Tafel gemalt, der ihm wirklich ungeheuer ähnlich sah. Neumerkel hat aber auch etwas von einem Hamster. Und er nimmt sich nicht zusammen. Also merkt man's.

TRUDE. Soll ich anrufen, Felix.

FELIX. Trude! Soll sich der schöne Benno doch auch einmal den Kopf zerbrechen über mich. Wo bleibt denn der Felix? Und Trude? Ja, sowas. Die sind doch zuverlässig wie die Quarzuhr. *Scharf:* Hat er gesagt, Trude, wörtlich.

TRUDE. Das ist doch nichts Schlimmes?

FELIX. Sein Ton. Du mußt seinen Ton mithören. Jetzt soll der feine Benno mal sehen, daß ich nicht immer auf dem Stühlchen steh und warte, bis es ihm paßt. Vielleicht kommt er dann drauf, daß er mich nicht einfach beleidigen kann, so immer wieder einmal, im Lauf der Jahre, andauernd bloß auf mir herumhacken. Ich bin doch nicht dem seine Witzfigur. Verstehst du das, Trude?

TRUDE *hat aufgehört, ihre Nägel zu bearbeiten:* Wir sind befreundet mit Benno, denk ich.

FELIX. Daran seh ich, wie ich gestellt bin mit dir. Du würdest hinrennen, bloß daß der seine Statisten hat.

TRUDE. Felix! Was ist passiert zwischen euch? Er war doch wirklich dein Freund, Felix.

FELIX. Mein Freund! Und wenn wir hingehen und er stellt mich seiner Dingsda, dieser Neuerwerbung vor, ich hör ihn schon, wie er sagt: darf ich dich bekannt machen, das ist unser Felix, Herr Doktor Felix Fürst, Erdkunde und Geschichte, aber Geschichte will er abstoßen, unser Felix, ist so ne fixe Idee von ihm, Erdkunde soll Hauptfach werden, ach bitte, Felix, fang erst in einer halben Stunde davon an, meine junge Frau muß sich zuerst an alles gewöhnen. Und wenn er das gesagt hat, kassiert er euer Grinsen und du grinst mit, weil du für diesen Kampf zu naiv bist, du spürst nicht die Beleidigung. Überhaupt ist es von dir als Frau schon eine erschütternde Geschmacklosigkeit, heute dabei sein zu wollen. Denk an Regina, die jetzt draußen im Reihenhäuschen sitzt. Was meinst du, was Regina sagt, wenn sie hört, wir sind hingegangen, haben gleich Freundschaft gemacht mit der Neuen, wo doch die schuld ist, daß er Regina hinausgeworfen hat, einfach hinaus, ab ins Reihenhäuschen, ausbezahlt, wie eine Köchin. Und wir gehen hin, rufen Vivat! Die Gattin ist tot. Es lebe die Gattin. Was! Dabei warst du mit Regina enger als ich. Leider muß ich sagen: wir können da nicht hin! Leider. Ich hätte es lieber von dir gehört. Das wäre ein Beweis gewesen von Solidarität. Treue. Oder einfach Würde. Ein bißchen Würde, Trude.

TRUDE. Felix, du hast Streit gehabt mit Benno? Immer frißt du alles in dich hinein. Also erfahr ich nichts, reagier falsch, und das verletzt dich. Mein armer, armer Felix. Aber du bist auch wie die Maus, bevor es nicht ganz schlimm wird, gibst du keinen Ton.

FELIX. Ich geh da nicht mehr hin, Trude. Begreifst du das. Nie mehr. Unser guter Felix! Diese ... diese seidenen Sätze, die er dir um den Hals wirft, daß du erst ganz zuletzt merkst, wenn du schon keine Luft mehr kriegst, es war wieder eine Schlinge. Da nimmt er sie aber schon wieder zurück und sagt allen Zuhörern: da schaut, ich bring ihn ja gar nicht um, ich laß ihn doch leben, unseren guten Felix. Trude, ich brauch dich jetzt.

TRUDE *genießerisch:* Mhmmm. Das duftet. Felix. Das duftet nach Gelegenheit. Mein Felix braucht mich. Das müßte man ausnützen. Schließlich mußt du mir heute was bieten, wenn du verlangst, daß wir hierbleiben, Felix!

FELIX *dachte an etwas anderes:* Mengel sagt, dem hat er sie natürlich gleich vorstellen müssen, der sagt, diese Neue sei eine ganz gut aussehende, eine enorm gut aussehende Person. Du weißt ja, wie Mengel sich ausdrückt. Und damit will Benno jetzt natürlich triumphieren über uns. Darauf hat er's abgesehen.

TRUDE. Ach Gott, er ist Architekt, ich weiß nicht, was du da verlangen willst, Felix. Er ist nun einmal aufs Äußerliche.

FELIX. Aber mich soll er in Ruhe lassen, Trude. Für immer. Soll er dieses Ding, das enorme Weibsbild, soll er doch machen mit ihr, was er will. Was er will! Aber mich soll er verschonen. Und dich auch. Wir machen ihm nicht die Gaffer, bloß daß er triumphieren kann. Zuerst vor uns triumphieren und dann noch über uns. So hat er das geplant. Einen zweifachen Triumph will er feiern.

TRUDE. Wieso jetzt zweifach?

FELIX. Trude, schau: erster Triumph, wir sollen ihn bewundern, weil die Neue so ... so enorm ist, und daß sie so enorm ist, das spürt er ja erst, wenn wir dabei sind und Wirkung zeigen. Zittrige Hände bekommen und Keksbrösel ins Weinglas fallen lassen und jeder wild stotternd eine Rede halten will. Das ist sein Triumph Nummer eins. Nummer zwei: er zeigt der enormen Neuen, daß er über uns steht, Witze machen kann über uns, und wir lachen noch dazu, das heißt, er zeigt ihr, daß er selber auch enorm ist, daß sich also zwei Enorme gefunden haben. Dazu braucht er uns. Nur dazu. Hast du mich jetzt?

TRUDE. Sowas könnte sich der schlimmste Feind nicht ausdenken, Felix.

FELIX. Könnte er auch nicht. Ein Feind kennt dich ja viel zu wenig. Der Freund dagegen, verstehst du, der kennt die Stellen. Die diesbezüglichen Stellen. Der weiß, wo ansetzen. Einfach, weil er sich auskennt. Aber Gott sei Dank ist unser enormer Benno auch enorm blind. Er unterschätzt uns. Ich hoffe das, Trude. Er glaubt, er hat uns in der Hand. Er glaubt, wir sind auf ihn angewiesen. Das ist sein Fehler. Wie ich dir doch ganz klar bewiesen habe, braucht er uns! Also ist er in unserer Hand! Und das wird er spüren. Wenn du mitmachst. Neumerkel und Mengel habe ich informiert. Sie machen mit.

TRUDE. Das ist ja eine richtige Verschwörung, Felix.

FELIX. Gerechtigkeit ist das, Trude, endlich ein Ausgleich.

TRUDE. Aber warum so hinten herum, das gefällt mir nicht.

FELIX. Es ist jetzt nicht der Augenblick, über Methoden zu diskutieren. Du spürst einfach nicht, was auf dem Spiel steht. Du willst nicht mitmachen, du, meine Frau! Neumerkel und Mengel und Frau Neumerkel und Frau Mengel, die machen mit, aber meine Frau krittelt an Äußerlichkeiten herum! Trude, weißt du denn, wie dieser Herr über dich spricht? Das habe ich immer in mich hineingefressen. Ich habe gedacht, es belastet unser Verhältnis zu ihm, wenn du es weißt. Immer, wenn ich wieder was hörte, hab ich es dir einfach verschwiegen.

TRUDE. Was hat er gesagt?

FELIX. Mehr als ich wiederholen mag.

TRUDE. Ich will wissen, was er gesagt hat!

FELIX. Ach, alles Mögliche. Daß du eben doch eine Hausfrau seist. Einmal hat er zu Mengel gesagt: sie soll ja auch mal in Hals-Nasen-Ohren praktiziert haben, aber dann hat sie es offensichtlich vorgezogen zu heiraten.

TRUDE. So hat er das nicht gesagt.

FELIX. Trude, ich schwör dir...

TRUDE. Ich weiß doch, er hat gesagt...

FELIX. Es ist doch auch ganz egal, was er gesagt hat, der Ton, Trude, du hast kein Gehör für seinen Ton, darum trennst du dich in dieser Lage von mir. Das gibt ihm seine Macht über uns! Wenn du mir hilfst und wir bleiben zu Hause, dann ist er erledigt. Das haben wir in der Hand, Trude. *Er geht dicht zu ihr hin.* Wenn du mich jetzt nicht hängen läßt.

TRUDE. Ich begreife. Ja, allmählich begreife ich.

FELIX *verfrüht:* Trude!

TRUDE. Wie ich mit dir dran bin. Das begreife ich. Ganz hübsch, was da herauskommt, wenn du mal so ein bißchen aus dir herausgehst. *Sie ist aufgestanden und weggegangen, er folgt ihr.* Rühr mich nicht an. Wirklich ganz hübsch. Du hast dich nämlich ganz schön verplappert. Oder kannst du mir erklären, warum wir nicht einfach hingehen und deinem Benno zeigen, daß er das mit uns nicht machen kann? Warum gehen wir nicht hin und versauen ihm seinen Triumph an Ort und Stelle. Ich sag dir warum! Weil du eine ganz kleine Nummer bist. Du weißt schon, bevor du dieses Weibsbild gesehen hast, daß du's nicht aushältst, daß dir vor Neid das Maul abstirbt und du gelb und grün wirst im Gesicht. Das heißt also: ich bin überhaupt nichts. Diese Person, die Enorme, die schlägt mich aus dem Feld, bevor sie überhaupt auf der Bildfläche erscheint! Das heißt es doch!

FELIX. Trude...

TRUDE. Und daß du's weißt, ich geh hin.

FELIX. Und machst dich lächerlich vor dieser Person.

TRUDE. Die halt ich aus.

FELIX. Mengel sagt, sie sei vierundzwanzig.

TRUDE. Na und?

FELIX. Das wollte ich dir ersparen.

TRUDE. Es gibt noch mehr Vierundzwanzigjährige.

FELIX. Aber nicht so nah. Bei uns. In unserem Kreis. Das ist doch ein Unterschied. Jetzt auf einmal, den ganzen Abend, zwischen uns eine... eine so junge Person.

TRUDE. Die möcht ich erst einmal sehen. Reden möcht ich mit der. Darum geh ich hin.

FELIX. Und blamierst dich und mich.

TRUDE. Du blamierst dich. Jetzt schon. Hier. Vor mir. Aber das ist dir egal. Wie du dastehst vor mir. Hat die Neue noch nicht gesehen und hat schon weiche Knie. Flattert vor Angst. Das sollte ich Benno erzählen, wie du hier herumzitterst.

FELIX. Bitte. Bitte geh. Ich tat es um deinetwillen. Aber bitte, geh hin, schildere denen so richtig, wie ich hier herumflattere, das gibt Stimmung. Viel Vergnügen.
Das Telephon klingelt.
Felix geht langsam hin.
Fürst. Ach, Benno. *Er spricht überlegen, man merkt, was er jetzt sagt, hat er lange vorher bedacht.* Du wartest! Das kann ich mir vorstellen. Das hoff ich sogar, daß Du wartest. Es wäre denn doch nicht sehr liebenswürdig, wenn du dir Gäste einlädst und dann

würdest du nicht einmal warten auf sie. Ja, wir sind noch zu Hause. Du kannst dir denken, wie es zugeht hier. Ich renn nach dem Hemd und merk nicht, daß Trude hinter mir herrennt, das Hemd in der Hand. Sicher seid ihr schon in guter Stimmung, Neumerkel, Mengel und ..., aach, ach nein, hörst du, Trude, wir können noch die ersten sein, Trude. Jetzt aber vorwärts. Also Benno, nicht zuviel Vergnügen, bevor wir nicht bei euch sind. *Er legt auf.*

TRUDE *rafft Tasche und Stola:* Dann aber schnell, Felix. Wenn wir vor den anderen eintreffen, sind wir im Vorteil für den ganzen Abend.

FELIX *wählt eine Nummer:* Ja, Mengel. Hier Fürst. Es bleibt doch dabei. Und wie. Man muß nur zu Hause bleiben und schon blüht der Abend auf. Na bitte. Meine Frau ist sozusagen ganz ... ganz ... Na sehen Sie. Alsdann, weiterhin viel Vergnügen. Bitte, das gleiche für die Ihre. *Legt auf.*

TRUDE. Das heißt, wir gehen doch nicht.

FELIX. Ich kann dich nicht hindern, Trude. Dann sieht jeder, wir sind die einzigen, die es nicht aushalten einen Abend lang allein miteinander in ihrer Wohnung zu sein. So ist es ja auch. Du hältst es einfach nicht aus. Also bitte, geh schon. Du kannst mich ja entschuldigen dort. Mit ... Unpäßlichkeit. Kopfweh. Oder Masern. Falls dir das die Pointe liefert, die du brauchst.

TRUDE. Felix, laß mich doch zuerst ... Ich muß doch zuerst umdenken. Weil ich mich freute. Mit dir. Dort. Unter Leuten, die ich für Freunde hielt. Und du kauftest mir plötzlich diese schrecklich teuren Ohrringe. Ohne daß Geburtstag ist oder wenigstens Weihnachten. Ich dachte, es soll ein ganz besonderer Abend werden. Schließlich hast du noch nie so viel Geld ausgegeben einfach für Schmuck. Jetzt will man ihn zeigen, und plötzlich darf man nicht.

FELIX. Bin's bloß ich, der hinschaut, hängt dir gleich Blech am Ohr, nicht wahr.

TRUDE. Du sagst ja nichts. Als ich reinkam, ich hab aufgepaßt, nicht einmal hingeschaut hast du.

FELIX. Ich hab den Schmuck gekauft. Soll ich jetzt dauernd prächtig, prächtig sagen und: siehst du Trude, mein Geschmack!

TRUDE. Du könntest sagen: tatsächlich Trude, an dir ist er noch schöner als im Geschäft.

FELIX. Geh, Trude. Ich seh's ein. Der Ohrringe wegen mußt du gehen. Es wäre wirklich schade um die prächtigen Ohrringe.

TRUDE. Sag, ich soll bleiben.

FELIX. Du bist sozusagen frei.

TRUDE. Wenn du mir schon den Abend verdirbst, könntest du mich wenigstens bitten, daß ich bleibe.

FELIX. Bitten?

TRUDE. Ja, bitten.

FELIX. Also, liebe Trude, entweder du siehst ein, was dir dort bevorsteht oder du siehst es nicht ein. Entweder du verbringst freiwillig einen Abend mit deinem Mann oder du läßt es sein. Wenn ich dich erst darum bitten muß, verzicht ich.

TRUDE. Bitte-bitte, sollst du sagen. Mit Liebe. *Auf einen Blick von ihm.* Ja, mit Liebe.

FELIX. Gut. Dann aber so. Ich schließe einfach ab. *Tut es.* Jetzt kannst du nicht mehr hinaus.

TRUDE. Ich will gar nicht.

FELIX. Wir sind allein. Du und ich. Ein Mann und eine Frau. Wir dürfen, was wir wollen. Ich wünschte, du spürtest das so ungeheuer wie ich. Wir können auf den Zehenspitzen gehen. Die Arme durch die Luft schleudern, verrückt gewordene Windmühlen spielen, oder einfach alle Tische, Stühle, Sessel umwerfen.

TRUDE. Nein, bitte nicht.

FELIX. Wir müssen doch irgendetwas tun, Trude. Daß wir spüren, wie frei wir sind.

TRUDE. Ja, dann laß dir etwas einfallen. Aber etwas Schönes. Armeschleudern und sowas, ich weiß nicht.

FELIX. Gut. Leg dich auf den Boden.

TRUDE. Wieso auf den Boden?

FELIX. Wenn du immer dazwischen fragst, kann sich nichts entfalten. Also los. Leg dich schon.

TRUDE. Bitte, Felix, es wär doch schöner, wenn ich wüßte, was du ...

FELIX *brüllt:* Auf den Boden, sag ich.

TRUDE. Also so kannst du nicht umgehen mit mir. Ich leg mich jetzt auf den Boden, Felix, aber nur weil es mir Spaß macht, zu sehen, was daraus wird. *Sie legt sich auf den Boden.*

FELIX. Prima, Trude. Hauptsache, es macht dir Spaß. Dreh dich auf den Bauch.
Sie tut es.
So.
Felix denkt nach. Steigt über Trude weg. Steigt wieder zurück.

TRUDE. Und jetzt?

FELIX. Ssst. Trude. Jetzt dreh dich wieder um. Ja. Das ist es. Genau so mußt du liegen. Du solltest dich sehen. Abenteuerlich wie du da liegst. Die Arme lockerer,

Trude. Laß sie ruhig fallen, wie sie wollen. Wirf sie weg. Ausschweifend. Lockerer, Trude. Solang du an deine Arme denkst, sind sie aus Gips. Sobald du sie vergißt, sind es Lianen. Neunzehn Jahre sind wir verheiratet, Trude, und zum ersten Mal liegst du auf dem Teppich. Siehst du jetzt ein, daß es richtig war, zu Hause zu bleiben.

TRUDE. Ich bin irre gespannt, was du jetzt mit mir machst.

FELIX. Gleich, Trude, gleich. Ich will nichts falsch machen. Alles muß geschehen wie von selbst. Ein Entschluß, und schon ist alles verpfuscht. Vielleicht sollte man einen Ventilator haben, Trude.

TRUDE. Wozu denn jetzt einen Ventilator?

FELIX. Allein schon das Geräusch, die Wucht, der Wirbel mit Wäsche und Haaren, Trude, bedenk. Oder so ein großer Kippspiegel, das wär auch was. Nein. Jetzt hab ich es, ein Ventilator und ein Kippspiegel, natürlich, Menschenskind, Trude, bedenk, der toll rasende Ventilator, der alles zerschleudert und der unverschämt erhabene Kippspiegel, der uns einfängt und verewigt, Trude, das wär's. Ach, Trude, bei uns fehlt es einfach an allem.

TRUDE. Woher hast du das eigentlich, Felix?

FELIX. Was?

TRUDE. Bitte, Felix, sag mir wenigstens, mit wem hast du das probiert. Bitte, sag, wer es war?

FELIX. Wer was war, Trude?

TRUDE. Wer hat dir das gezeigt? Das auf dem Boden. Mit Kippspiegel und Ventilator.

FELIX. Trude! Das ergibt sich. In diesem Augenblick ergibt es sich.

TRUDE. Gib zu, du hast es von dieser blonden Spanierin.

FELIX. Trude, du machst alles kaputt. Wie soll sich da etwas entwickeln, wenn du mich andauernd verhörst. Steh auf.

TRUDE. Zuerst sagst du, woher du das hast.

FELIX *zieht sie hoch zu sich:* Trude, ich schwör dir, es kam einfach so von selbst, es fiel mir ein, schien mir richtig, begeisterte mich einen Augenblick lang. Aber du mit deinen Fragen. Du mußt mitmachen.

TRUDE. Ja, verzeih, Felix. Wir könnten es ja noch einmal probieren. Wenn du meinst.

FELIX *überwindet sich:* Ja, das können wir. Gott sei Dank, Trude, Gott sei Dank können wir tun, was wir wollen. Das ist doch das Ungeheure. Wir tun einfach, was uns Spaß macht.

TRUDE. Ja, Felix. Also ... *zögernd* leg ich mich gleich noch einmal ... *sie bricht ab, schaut fragend.*

FELIX. Um ja nichts falsch zu machen, würde ich sagen, wir warten noch ein bißchen zu. Was möglich ist, ergibt sich ganz von selbst. Erst wenn du sozusagen von selbst zu Boden fällst, erst dann ist es soweit.

TRUDE *holt rasch das Buch Kamasutram aus ihrem Regal:* Das stimmt, Felix. Das hab ich gelesen. Genau so ist es. Da: »Suvarnanabha sagt: Wenn das Rad der Liebeslust ins Rollen gekommen ist, dann kennt man Stätte oder Nichtstätte nicht.« Aber man kann auch etwas dazu tun, Felix. Hier heißt es: »Kein anderes geeigneteres Mittel, die Leidenschaft wachsen zu machen, als die Ausführungen der Taten, die mit Nägeln und Zähnen vollbracht werden.«

FELIX. Von der Frau, Trude, da siehst du es.

TRUDE. Nein, Felix. Da steht doch: »Am Halse und an

der Wölbung der Brüste ein krummes Eintreiben der Nägelspur ergibt den Halbmond.« Es gibt dann noch die Tigerkralle, den Pfauenfuß, den Hasensprung und das Lotusblatt. Komm, Felix, probier einmal, ob du den Halbmond fertigbringst.

FELIX *schaut seine Nägel an:* Ich weiß nicht, Trude, meine Nägel sind einfach zu kurz dazu.

TRUDE. Nimm die Zähne. *Liest:* »Zangenartiges Erfassen eines kleinen Stückchens Haut vermittelst zweier Zähne.« Bitte, Felix, probier das einmal.

FELIX. Wo?

TRUDE *reckt sich ihm hin:* Hier. Überall.

FELIX *beugt sich vor, richtet sich wieder auf:* Nein, Trude, ich spür's, das ist alles verfrüht. Soweit sind wir noch nicht. *Trude legt das Buch weg. Beide sind vorerst ratlos.*

TRUDE. Vielleicht sollten wir ... wenn du auch der Ansicht bist ... also ich hätte Lust auf einen Schluck Cognac. Was meinst du? Das würde sicher nichts schaden. *Sie holt aus dem Getränkefach Flasche und Gläser.*

FELIX. Ach Gott, ja. Warum eigentlich nicht. Ich brauch zwar keinen Alkohol jetzt. Du bist da. Wenn ich dich anschaue, Trude. Die Ohrringe, dein Kleid. Deine Figur, Trude. Ein Hellseher, wer dir zwei Kinder ansieht. Prost, Trudchen. Auf unseren Abend.

TRUDE. Zum Wohl, Felix.

FELIX. Stell dir vor, Mengel sagt, die Neue, diese Neuerwerbung von Benno, die Dummheit soll ihr bloß so aus den Augen leuchten, sagt Mengel.

TRUDE. Und Mengel ist Maler!

FELIX. Ja, es muß schon ziemlich arg sein. Prost, Trude.

TRUDE. Zum Wohl, Felix.

FELIX. Nun stell dir vor, Benno sitzt mit ihr in seiner geschleckten Wohnung, jahrelang, Abend für Abend. Das Leben findet ja abends statt. Oder kann er etwa jeden Abend ins Kino? Nein. Jeden Abend Gäste? Auch nicht. Also sitzt er viele viele Abende mit ihr, vor ihr, sie vor ihm, von mir aus sollen sie nebeneinander sitzen, Trude, bitte, sollen sie doch, aber können sie einander ununterbrochen streicheln? Das halte ich für ausgeschlossen. Soviel gibt keine Haut her. Die Hand wird ihm einschlafen, früher oder später. Also, was müssen sie tun? Mit einander sprechen. Irgendwann geht es nicht mehr ohne Gespräch. Und siehe da, es klappt nicht. Er kann ja nicht reden mit ihr. Mengel sagt, reden, das ist nicht ihr Fall. Mit Regina konnte er doch reden. Die hatte eine wetterfeste Bildung. Und jetzt sitzt er neben dieser Person und sie sitzt neben ihm. Ja, glotzt einander nur an. Fisch bei Fisch. So ist das, wenn man nichts anfangen kann miteinander. Mein Gott, Trude, ich kann wirklich froh sein an dir.

TRUDE. Prost, Felix.

FELIX. Auf dein Wohl, Trude.

TRUDE. Auf unseren Abend.

FELIX. Auf unseren tollen Abend.

Sie trinken, beobachten einander.

FELIX. Ex, Trude, ex!

Beide strengen sich an, trinken aus, Trude schüttelt sich. Felix beherrscht sich.

FELIX. Hat der ein Glück, daß wir nicht gekommen sind. Was meinst du, wie ich dem sein hohles Glück zerstäubt hätte. Jawohl zerstäubt.

TRUDE. Ich glaube, mir hätte sie bloß leid getan. Stell dir vor, so im Gespräch, du erklärst was, und so am Schluß sagst du: das ist eben der archimedische Punkt. Und sie fragt: was für ein Punkt bitte.

FELIX *lacht künstlich:* Sehr gut, was für ein Punkt, bitte, das ist sehr gut.

TRUDE. Oder du sagst nolens volens ...

FELIX. Um Gottes Willen, das wär schon wieder eine Peinlichkeit.

TRUDE. Nein, ich meine, nolens volens gebrauchst du an so einem Abend doch Ausdrücke wie nouveau roman ...

FELIX. Und sie hält's für Parfum. *Lacht noch mehr.*

TRUDE. Und wenn du nicht auskommst ohne Metamorphosen ...

FELIX. Wird sie rot, denn sie hält's für obszön.

Die Heiterkeit schwillt hoch, flaut aber rasch ab.

TRUDE. Falls wir je auf sie treffen, Felix, laß uns nachsichtig sein. Sie kann ja nichts dafür.

FELIX. Aber er.

TRUDE. Ich fürchte, du hast Benno immer überschätzt.

FELIX. Prost, Trude. Ex.

Sie trinken aus.

TRUDE *schüttelt sich:* Wwww. Der hat es in sich.

FELIX. Der glüht.

TRUDE. Das reinste Feuer.

FELIX. Der geht ins Blut.

TRUDE. Gleich noch einen, Felix.

FELIX. Mhm. Bitte. Obwohl, es kommt mir vor, als müßtest du dich über etwas hinwegtrösten, wenn du plötzlich so wild bist auf Cognac.

TRUDE. Bitte, Felix, trink und denk nicht. Prost, Felix.

Sie trinken die Gläser mit viel Kraft aus.

TRUDE. Findest du, daß er ins Blut geht?

FELIX. Ja, doch. Natürlich geht der ins Blut. Nach und nach.

TRUDE. Dann werden wir betrunken.

FELIX. Ja. Das schon. Sobald der Alkohol im Blut einen gewissen Sättigungsgrad ...

TRUDE. Auf unseren Abend.

FELIX. Auf dich Trude.

Sie trinken, Trude hustet. Felix klopft ihr den Rücken.

TRUDE. Ich bin es nicht gewöhnt. Das kommt, weil du zu selten richtig trinkst mit mir.

FELIX. Ach, wir trinken eigentlich doch immer wieder einmal. So ab und zu. Findest du nicht.

TRUDE. Ja, immer wenn du ... wenn du ...

FELIX. Nein, Trude, das ist nicht wahr. Man hat eben manchmal Lust auf einen guten Schluck.

TRUDE. Und auf was noch?

FELIX. Verhör mich nicht gleich wieder, du schlimmes Frauenzimmer.

TRUDE. Ich möchte mich wirklich einmal betrinken, mit dir, Felix.

FELIX. Das klingt, als hätten wir uns noch nie zusammen betrunken.

TRUDE. Hoffentlich gelingt es.

Sie hat wieder vollgeschenkt.

FELIX. Du tust gerade, als wär das weiß Gott was für eine Leistung.

TRUDE. Meistens, wenn wir zu zweit was trinken, Felix, bitte sei nicht böse, ich muß dir das doch einmal sagen, aber nur, wenn du mir versprichst, daß du nicht gleich verärgert bist ...

FELIX. Meistens, wenn du mit mir zusammen was trinkst, was ist dann, los, nur heraus damit, Trude.

TRUDE. Versprich, daß du dich nicht gleich aufregst.

FELIX. Nun sag schon, heute sollst du alles sagen, was du sonst verschweigst. Also los, was ist dann.

TRUDE. Ich merk nichts.

FELIX. Wenn du mit mir trinkst?

TRUDE. Ja.

FELIX. Was meinst du damit?

TRUDE. Noch ein Glas, Felix. Vielleicht wird es dann besser. Prost, Felix.

FELIX. Prost, Trude.

Sie trinken die Gläser leer.

Wenn du mit mir trinkst, was merkst du dann nicht. Komm, sag doch, Trude, bitte, was merkst du nicht?

TRUDE. Den Alkohol. Daß ich trinke. Ich habe das Gefühl, ich bleib nüchtern.

FELIX. Und wenn wir bei Benno trinken ist das anders?

TRUDE. Überhaupt, wenn wir unter Leuten sind.

FELIX. Also jetzt, nach all dem Cognac, jetzt merkst du nichts?

TRUDE. Merkst du was?

FELIX. Ach weißt du, ich vertrag eben doch ziemlich was. Aber bitte, wenn, wenn ... wenn es darauf ankommt, dann merk ich schon was.

TRUDE. Aber man merkt es dir nicht an, daß du was merkst.

FELIX. Willst du mich beleidigen.

TRUDE. Nein, nein, Felix. Ich dachte bloß, wir könnten einmal sprechen darüber. Aber wenn du nicht willst.

FELIX. Doch, natürlich. Wir können über alles sprechen. Dazu sind wir doch verheiratet. Wenn wir nicht miteinander sprechen können, Trude, inmitten dieser Welt, die bloß darauf wartet, daß du dir eine Blöße gibst, also Trude, wir zwei, wir müssen sogar miteinander sprechen. Und der eine muß den anderen verstehen, sonst ist es einfach aus.

TRUDE. Eben, Felix. Darum sag ich dir das doch. Es fällt mir auf. Wir trinken und trinken und es ... es ... führt nicht weiter.

FELIX *spielt sich hinein:* Ich werde dir schon zeigen, wozu es führt. Du bist in die Hände eines Betrunkenen gefallen, liebes Kind. Und der Betrunkene, mein Lämmchen, der kennt nichts, der hat keinen Namen, ein Benehmen gibt's nicht mehr und kein Pardon. Zittert meine rosige Unschuld schon vor dem besoffenen Vieh, oder zittert sie mir gar schon entgegen. Na? Wofür entscheiden wir uns? *Er hat beide Hände auf ihren Schultern, nah an ihrem Hals.*

TRUDE. Jetzt spielst du, Felix. Das gilt nicht. Was passiert, soll doch notwendig sein. Wenn jeder spielt, was er denkt. Das klappt nie. Bitte, Felix.

FELIX *versucht durchzuhalten:* Red nicht so klug, Mädchen. Red lieber dumm. Oder sing. Tu was, was den Rahmen sprengt. Ach, Trudekind, laß uns den Rahmen sprengen. Schau, da, dieser Rahmen, um uns herum, spürst du's nicht, daß wir eingezwängt sind in einen Rahmen, Tag und Nacht, kotzt dich der immer noch nicht an, der macht uns zum Stilleben. Bitte, gib mir die Hand, ich zähl eins zwei drei und Achtung fertig los, dann machen wir einen Mordssprung, hoch und weit in die Luft und lassen uns fallen. Also, eins, zwei, drei, Achtung, fertig ...

Pause

Er hat Trudes Hand ergriffen, schaut Trude an, Trude schaut ihn an. Trude zuckt die Achseln.

TRUDE. Verzeih, Felix. Ich möchte ja. Wirklich. Aber du bist nicht wie du bist. Ich spür's doch.

FELIX *so nüchtern wie er ist:* Trude, so geht es nicht. So kommen wir nie nie nie in Fahrt. Du paßt auf wie ein Thermometer. Anstatt daß du dich ein bißchen verlierst. Von mir aus an den Cognac. Jawohl, auch dem Cognac muß man sich hingeben. Aber dazu gehört natürlich eine gewisse Neigung. Inklination, Trude, das fehlt dir. Wie der Fels, der sich löst, ach Trude. Und wenn ich dir helfen will, sträubst du dich.

TRUDE. Nein, nein, Felix. Ich warte doch so darauf.

FELIX. Das ist der Fehler. Schau, Trude, der Rausch, was ist denn das? Die Schwere kommt ins Schwingen. Du, immer noch gefangen im Gefäß der Person, schwappst dahin und dorthin. Gleich läufst du über, über den Rand deiner Person hinaus, und dann fällst du, gehörst endlich nur noch der Erde, der Schwere, wirst wild vor lauter Niederfall und Absturz, weil du endlich dem Gleichgewichtswächter in dir entkommen bist, keine Persönlichkeit mehr, die von der Apothekerwaage frißt, sondern ein wilder Fall. Und das zu zweit, Trude.

TRUDE. Das wäre schön.

FELIX. Das ist schön, Trude.

TRUDE. Hast du schon dieses ... dieses Gefühl?

FELIX. Solang ich dir Vorträge halten muß, stellt es sich natürlich nicht ein.

TRUDE. Dann halt mir eben keine Vorträge.

FELIX. Gut, dann halt ich dir eben keine Vorträge mehr.

TRUDE. Trink lieber.

FELIX. Ja, trinken wir lieber.
TRUDE. Auf die Betrunkenheit.
FELIX. Auf den Rausch. *Sie trinken.*
TRUDE. Und gleich noch einmal.
FELIX. Jetzt willst du es erzwingen, scheint mir.
TRUDE. Ja, und ich erzwing es, prost!
Trinkt allein.
FELIX. Es läßt sich nicht erzwingen. Bereit sein, Hingabe.
TRUDE. Das ganze Niltal kann nicht bereiter sein als ich. Und was ist? Nichts. Ich habe das Gefühl, in mir ist alles aus Löschpapier. Das müßtest du zuerst rausreißen aus mir. Aber du reißt nicht, du erklärst, Felix. Und ich schluck dieses scharfe Gesöff, daß es mich schüttelt, und merk nichts.
FELIX. Du bist schon ganz schön betrunken. Wir sind beide schon ganz schön betrunken. Sonst würden wir gar nicht so reden. Glaub mir. Bitte, steh einmal auf, bitte, Trude, schließ die Augen, geh ein paar Schritte, na, spürst du, wie du das Gleichgewicht verlierst, du taumelst, jawohl, mein Trudchen taumelt, herrlich wie du taumelst, und wenn ich mein Trudchen nicht gleich auffange, fällt sie mir steinschwer ins Paradies voraus.
Er hat sie ein paar Mal angestoßen; als sie immer noch zu wenig Wirkung zeigt, schließt er sie in die Arme. Die Gebärde mißlingt. Er läßt ab von ihr. Sie gehen auseinander. Setzen sich.
Schweigen.
Das Telephon läutet.
FELIX *spricht unterdrückt, weil er nicht will, daß Trude alles versteht:* Ja. Am Apparat. Ja, Herr Mengel, hat er, und wollte uns zur Eile mahnen. Ich hatte den Eindruck, er war schon ganz schön am Zappeln. Ich

und einlenken. Lieber Mengel! Dann rufen Sie also an, weil Sie dachten ... Wissen Sie, daß mir das richtig weh tut. Doch, doch, in dieser Lage ist Mißtrauen eine Beleidigung. Ein Mann, Herr Mengel, wie selten zeigt sich das noch, daß einer ein Mann ist. Und heute abend, wo es bewiesen werden kann, das erste Mal seit wir uns kennen, da zweifeln Sie ... das hoff ich lieber Mengel. Und falls es Ihnen zu Hause zu ... zu ruhig werden sollte, oder Sie haben gerade nicht den richtigen Tropfen im Haus, bitte, Sie wissen, bei mir ... ja, ja, ja, bei uns auch, meine Frau ist ganz ... so ist es. Danke. Danke gleichfalls. Und falls Ihnen doch noch Zweifel kommen, rufen Sie mich an, ja! Alles hängt jetzt ab von unserer Solidarität. Verstehen wir uns da? Danke. Und, bitte, dasselbe für die Ihre. Danke.

TRUDE. Mein Felix kommandiert heute ganz schön herum.

FELIX. Ach, Trude.

TRUDE. Gib mir auch Befehle.

FELIX. Immer, wenn ich einen Befehl geben soll, hab ich das Gefühl, jetzt versprech ich mich gleich.

TRUDE. Du warst doch Offizier.

FELIX. Wetterdienst.

TRUDE. Aber geflogen bist du doch auch.

FELIX. Ja. Das schon. So ab und zu mal.

TRUDE. Gegen den Feind.

FELIX. Ach, nicht direkt.

TRUDE. Aber es war doch gefährlich.

FELIX. Na ja, Krieg ist Krieg, Trudchen.

TRUDE. Sag doch wie es war.

FELIX. Was will denn mein Trudchen hören.

TRUDE. Wie es war, wenn mein Felix in die Maschine stieg. Zum Feindflug.

FELIX *spielt sich in die Rolle des Helden hinein, weil er sieht, es ist nötig:* Ach der Feindflug, weißt du. Viel Routine. In Frankreich, zum Beispiel.

TRUDE. Oh ja, was war in Frankreich?

FELIX *deutlich als Vortrag:* Aus den Falten der Ardennen huschten abends Jäger her. Potez. Französisch klopfen sie, fackeln sie hinab auf unsere Vormarschstraßen. Unternehmen Abendsegen hieß das bei uns. Wir verlegen nach Charleville und ich im letzten Büchsenlicht gleich los mit meinem Rottenflieger. Der Himmel schon ein violetter Helm, ein Glutstrich der Horizont. Mach auch gleich einen aus. Der unter mir. Ich über ihm. Schulmäßig fall ich ihn an. Da drückt er weg. Ich nach. Her hinter ihm.

TRUDE *weil Felix aufhört, aus der Rolle fällt:* Und dann?

FELIX. Los geht die Jagd. Kaum noch überm schattigen Boden. Der, ein Meister im Geländesprung, jede Bodenfalte, jede Hecke nützt er, und von unten prasselt, was wir aufwirbeln, Dreck, Staub, Geäst, gegen die Kiste. So hinter ihm, mehr Gelände als Luft, krieg ich ihn nicht, das ist klar. Schon säuft das Licht weg. Da vor uns plötzlich ein Dorf, wir darauf zu, zum Abdrehn zu spät, die Kirche, der Turm, das Dach, da muß er drüber, denk ich, vor mir muß er drüber, da springt er schon, hoch, hoch in den Glutstrich, ein großes Kreuz, ich verpaß ihm den Segen, er bäumt sich noch und bricht und rasselt drüben ins Grüne.

TRUDE. Tot!

FELIX. Anzunehmen.

TRUDE. Du hast die Stichflamme gesehen?

FELIX. Aufschlagbrand.

TRUDE. Mein Gott.

FELIX. Zufrieden?

TRUDE. Hast du das öfter gemacht?

FELIX. Was?

TRUDE. So ... so einen gejagt?

FELIX. Ach nein, eigentlich nicht.

TRUDE. Und wenn Benno von seinen Abschüssen erzählt, dann schweigst du. Er gibt an mit seinem Rat ... Rat ...

FELIX. Ratas.

TRUDE. Ratas oder wie die Dinger heißen. Du sagst kein Wort. Dabei war es doch wahrscheinlich viel schwieriger so einen flinken Franzosen abzuschießen als diese ungelenken Russen. Oder?

FELIX. Möglich.

TRUDE. Und nie sprichst du davon. Du jagst den in der Dämmerung. Und weißt, er muß über die Kirche und da kriegst du ihn. Schrecklich.

FELIX. Ja.

TRUDE. Krieg ist eben Krieg. Bitte erzähl noch mehr.

FELIX. Nein.

TRUDE. Bitte.

FELIX. Nie wieder. Bitte, Trude, versprich mir, daß du mich nie, nie wieder danach fragst.

TRUDE. War es so schrecklich für meinen Felix, einen anderen abzu ... abzuknallen?

FELIX. Nein, nein, ... aber ... aber ich will einfach nichts mehr wissen davon. Basta. Verstehst du. In Wirklichkeit war es vielleicht doch etwas anders, man faßt zusammen, übertreibt ein bißchen und noch ein bißchen, möglich, die ganze Geschichte ist mir erst im Augenblick eingefallen oder ich hab sie gehört, damals, am Radio, im Kasino, ich träumte davon, ich träume ja oft davon, von damals, fliegeruntauglich, also Wetterdienst, Herrgott, das weißt du doch, und dann verlangst du von mir solche Geschichten.

TRUDE. Ja, wie jetzt, dann hast du den gar nicht abgeschossen.

FELIX. Ich fürchte nein.

TRUDE *lacht grell auf:* Und ... und warum erzählst du mir dann sowas?

FELIX. Du zwingst mich dazu.

TRUDE. Ach.

FELIX. Ich spür doch, daß es dir recht wär, ich hätte damals einen abgeschossen. Was einen, neunundvierzig, neunundneunzig. Im fairen Duell, in der Luft, Mann gegen Mann, aber doch abgeschossen, umgebracht, Stichflamme! Ein Sieger. Ein Töter. Ein Held!

TRUDE. Das hätte ich von dir verlangt! Felix, du phantasierst.

FELIX. Möglich, Trude. Hoffen wir's. Ich glaub es zwar nicht. Du bist eine Frau, Trude. Und Grausamkeit duftet. Das riecht gleich nach Mann. Gib es doch wenigstens zu, daß du dieses Parfum vermißt an mir.

TRUDE. Wenn ich etwas vermisse, dann ist es Ehrlichkeit, Felix. Du lügst was zusammen, angeblich für mich, und dann stellt sich heraus, kein Wort ist wahr. Das ist das Enttäuschende, daß du immer glaubst, du mußt dich ausstaffieren. Und dann hältst du's doch nicht durch. Dieses Hin und Her. Das ist das Schlimme. So wie du bist, glaubst du, reicht es nicht. Soll ich jetzt auch anfangen, Geschichten zu erfinden und zu widerrufen? Das ist doch das Irrenhaus, Felix.

FELIX. Gut, Trude, ausgezeichnet. Ich stimme zu. Ich erfinde nichts mehr. Wir werden den ganzen Abend lang nur noch ehrlich sein. Herrlich, wenn wir das gesund überleben.

Trude legt den Finger an den Mund.

TRUDE. Schschscht. Sie ist wieder da.

FELIX. Wer?

TRUDE. Die Ratte.

FELIX *absichtlich laut:* Ach, unsere Maus, unser ...

TRUDE *hält ihm den Mund zu:* Schschscht. Weil du Angst hast, brüllst du, daß sie verschwindet. Bitte, Felix, vertreib sie nicht. Bring sie jetzt endlich um.

FELIX. Mein Gott, unser liebes kleines Mäuschen ...

TRUDE. Felix, es ist eine Ratte. Bitte, rasch, bring sie um.

FELIX. Da hätten wir einmal einen Abend für uns ...

TRUDE. Schschscht. *Sie greift rasch nach einem Kissen, schleicht schnell, aber geräuschlos im Bogen zurück in die Ecke und stopft das Kissen auf das Loch, aus dem die Maus gekommen sein muß.*

TRUDE *jetzt ganz laut:* So. Der Rückweg ist verbaut, jetzt Felix, bitte.

FELIX *von jetzt an spricht er leise und schaut immer wieder einmal seitlich auf den Boden.* Trude, die lächerliche Spitzmaus ...

TRUDE. Es ist eine Ratte, ich hab ihre Zähne gesehen.

FELIX. Ein kleines, schüchternes Nagetier.

TRUDE. Da, siehst du sie, da. Immer unverschämter. Sie weiß, du traust dich nicht. Mach jetzt, Felix. Zeig ihr, daß wir uns das nicht gefallen lassen.

FELIX. Ja, ja. Aber wie? Womit erschlag ich jetzt so ein armes Mäuschen? Womit bloß, Trude?

TRUDE. Herrgott, muß ich, eine Frau, dir, dem Mann, noch zeigen, wie man eine dreckige Ratte erledigt.

FELIX. Bitte, ich lern immer gern was dazu.

TRUDE. Entweder du bist ein Mann oder du bist keiner.

FELIX *sucht nach einem Gegenstand:* Einfacher läßt es sich fast nicht mehr formulieren. Aber wie dir das Blutopfer darbringen? Keine Pistole im Haus, keinen Bumerang, Pfeil und Bogen fehlen, also auf Mord sind wir wirklich schlecht gerüstet, das gibst du zu. Übrigens, daß Rattenblut Flecken gibt, im Teppich, auf Tapeten, Sesseln, Couch, wo es grad hinspritzt, daß Rattenblutflecken kaum mehr zu entfernen sind, das weißt du? Ich sag es bloß, daß du mir nachher nicht Vorwürfe machst und sagst, du hättest es in aller fiebrigen Unschuld und Jagdeinfalt vergessen, ich aber, der Mann, hätte dir sagen müssen, wie unauslöschlich Rattenblutflecken sind.

TRUDE. Da, da ist sie. Rasch, Felix, die Cognacflasche, rasch.

Sie gibt ihm die Cognacflasche.

FELIX. Schschscht. Schrei nicht so. Gleich kriegt sie Angst, will zurück, kann nicht, kriegt die Panik und fängt an zu springen. Ratten machen bis zu zwei Meter im senkrechten Steilsprung. Natürlich nur, wenn sie in Not sind. Dann wird die Schlächterei ziemlich ekelhaft, das kann ich dir sagen. Wir müssen jetzt ganz leise sein, daß sie sich wieder beruhigt.

TRUDE. Da. Unter der Couch. Jetzt hinterm, Achtung, Felix, bleib, ja, da am Klavier muß sie jetzt gleich, sie hat's gemerkt, daß du, jetzt Felix, jetzt aber, Herrgott, schlag doch, schnell, schnell, schlag, schlag doch zu jetzt.

Felix war zwar hinter der Maus her, kommt aber erfolglos aus Trudes Ecke zurück.

FELIX. Leider hast du den Rückweg schlecht gesperrt.

Unten durch. Ab. Zurück ins Heimatland. Leider Trude. Du hättest das Kissen mit einem Stein beschweren müssen.

TRUDE. So, ich. Und warum denn ich? Und warum nicht du?

FELIX. Du warst verantwortlich für die Sperrung des Fluchtwegs.

TRUDE. Jämmerlich.

FELIX. Das nächste Mal ist sie dran. Hauptsache sie ist fort jetzt. Wir sind wieder allein, Trude.

TRUDE. Du wolltest ja gar nicht. Wie ein blinder Hund tappst du durch die Gegend, fuchtelst mit der Flasche durch die Luft wie ein Südfranzose, geleitest das Vieh feierlich zurück ins Loch und anstatt zu schlagen, winkst du, winkst und winkst und schlägst nicht. Das bist du.

FELIX. Trude, sei froh, daß wir sie los sind. Und so schnell kommt die nicht wieder. Und wenn du wirklich Angst hast vor dem kleinen Pelz, dann stellen wir einfach eine Falle und schwupps ist sie erledigt, ohne alle Quälerei. Ja?

TRUDE. Das ist deine Methode. Fallen stellen. Still heimlich. Hinten herum. Eine Intrige spinnen. Immer so erbärmlich als möglich. Weil du nicht fähig bist zu einem Schlag. Und mit sowas muß man den Abend verbringen. Das Leben. Rühr mich nicht an. Du bist nicht besonders appetitlich. Da, da, du zitterst ja, die Hand, sie zittert. Die Lippen! Zittern. Das Mäuschen ist fort, aber der Jäger zittert, zittert, zittert, daß ihm die Schuppen vom Kopf bloß so herunterregnen.

Felix fährt sich nervös über die Schultern, um Schuppen wegzustreifen.

Du solltest dich sehen, wie du dastehst jetzt, zitternd, nichts als ein Schuppenregen! Von Kopf bis Fuß ein ... ein ... ein Erdkundelehrer!

FELIX. Trude!

TRUDE. Nur zu. Schrei nur. Schrei mich an. Das paßt sehr gut zu dir. Schwächlinge schreien. Das ist bekannt.

FELIX *sehr leise und scharf, aber immer wieder stotternd; sobald er sich stottern hört, erschrickt er, stottert noch mehr; aber nur an den bezeichneten Stellen; erst allmählich überwindet er dieses offenbar überwunden geglaubte Übel wieder:* Ich kann es dir auch leise sagen. Sehr leise sogar. Du hast deinen Auftritt nicht gehabt heut abend. Warst keine Augenweide. Ein Mensch wirst du erst, wenn du angeschaut wirst. Jetzt betäubt dich der Zorn. Du schmetterst auf mich ein, weil ich dich ... weil ich dich ... sch ... sch ... schütze. Ja, ich hab dich gesch ... ge ... geschützt. Vor dieser jungen Person. Die über dich triumphiert hätte. Weil sie zwanzig Jahre jünger ist als du. Du glaubst an dich und deine Ohrringe, Trude. Weil ich dich an dich glauben machte. Aber daß deine Ohrringe überhaupt nicht in F ... Ff ... Frage kommen, wenn diese junge P ... Pp ... Person auftritt und zwar mit nackten Ohren, überhaupt keinen Schmuck wird sie tragen, sagt Benno, sie kommt wie sie ist, das kann sie, aber wie du dann dastehst unge ... ge ... gesch ... geschützt, das siehst du nicht. Jämmerlich durchgefallen wärst du, gerade mit deinen Ohrringen, jeder hätte hingeschaut auf die Rubine und hätte gedacht: die hat's allmählich nötig, die ist so weit. Aber weil du nicht weißt, wie die anderen über dich denken, merkst du nicht, daß ich dich bloß sch ... sch ... schützen wollte. Glaubst du vielleicht, dieses junge Weibsbild kennt irgend eine Gnade. Das hat sie nicht nötig. Die steht da, vierundzwanzig Jahre alt, rücksichtslos. Meinetwegen, mir fallen Sch ... Sch ... Schuppen vom Kopf. Aber Benno hat auch Schuppen. Und doch hat er diese ...

TRUDE. Er hat Haare dazu. Hattest du je Haare. Ich kann mich nicht erinnern. Seit ich dich kenne, droht die Glatze. Schau deine Hände an, die Brust, die Beine, wo sind denn da die Haare, also red mir bloß du nicht von Haaren.

FELIX. Ich sprach von Schuppen, Trude.

TRUDE. Wer von Schuppen spricht, spricht auch von Haaren.

FELIX. Ich sagte lediglich: Benno hat auch Schuppen, und doch ...

TRUDE. Aber von seinen Haaren sagst du nichts.

FELIX. Eben. Du redest von seinen Haaren. Und mir wirfst du vor, ich redete von Haaren.

TRUDE. Nein. Ich sag, du unterschlägst seine Haare.

FELIX. Vor zwei Sekunden wirfst du mir vor, wer von Schuppen spricht, spricht auch von Haaren. Und jetzt sagst du, ich unterschlage seine Haare. Das ist die Hölle. Das ist nichts als die pure, aufgelegte, in eine Vierzimmerwohnung installierte Hölle. Ein Gedächtnis, das nur noch von deiner Logik unterboten werden kann. Es ist besser, wir werfen die Stühle zu verschiedenen Fenstern hinaus, da können wir uns ungleich genauer ausdrücken als mit Wörtern.

TRUDE. Spitzfindigkeit, das liegt dir. In der Logik, da hast du was los, aber einen Mundgeruch, daß man sich die Nase an den Hinterkopf wünscht.

FELIX. So. Ich hätte also einen Mundgeruch.

TRUDE. Den du natürlich selber längst nicht mehr bemerkst.

FELIX. Und du? Siehst du, Trude, das hab ich davon, daß ich alles in mich hineinschlucke. Deine Mängel absorbier ich schweigend wie der Filter den Schmutz. Dir biet ich immer in Verehrung ein makelloses Bildnis von dir an, spreche nur aus, was dir gut tut, und das Resultat: Du hältst dich für so makellos wie ich dich dir zuliebe mache. Den Filter siehst du nicht.

TRUDE. Den reinigst du bei deinen Frauenzimmern, mit denen der Herr Märtyrer mich regelmäßig betrügt.

FELIX. Ich dich? Wo, wann, mit wem? Bitte?

TRUDE. Mit der Baltin in München. Mit der blonden Spanierin in Chur.

FELIX. Nur der Ordnung halber: weder blond, noch Spanierin, sondern braunhaarig und gebürtig aus St. Gallen.

TRUDE. Und Spanien, das hab ich einfach so dazuerfunden, ja?

FELIX. Sie hatte einen Onkel in Madrid.

TRUDE. Na bitte.

FELIX. Also ist jemand, der einen Onkel in Madrid hat, ein Spanier.

TRUDE. Du willst mich kurz und klein schlagen, das spür ich schon. Daß ich windelweich werde und keinen Piepser mehr riskier vor dir, dem Herrn. Mein Gedächtnis madig machen. Und die Denkfähigkeit. Ich soll zweifeln an mir, daß du dann ein Leben lang behaupten kannst, was du willst und ich trau mich nicht mehr zu widersprechen. Das hat System bei dir. Haben wir vielleicht nicht Jahre lang von diesem blonden Frauenzimmer gesprochen, hieß sie da etwa nicht die blonde Spanierin.

FELIX. Du nennst sie so.

TRUDE. Du hast nicht widersprochen.

FELIX. Es kam nicht darauf an.

TRUDE. Aha, du bestimmst also, wann es darauf ankommt und wann nicht. Dann hieß sie wohl auch nicht Berenice.

FELIX. Leider nein.

TRUDE. Wir sprachen aber immer von Berenice.

FELIX. Du.

TRUDE. Du hast nicht widersprochen.

FELIX. Anfangs schon.

TRUDE. Also hätte ich Berenice einfach erfunden.

FELIX. Erdacht.

TRUDE. Und wie hieß sie?

FELIX. Hannelore.

TRUDE. Dann sag mir, wie wir auf Berenice kamen, wenn sie Hannelore hieß.

FELIX. Dein Gedächtnis, Trude.

TRUDE. Und daß du mich betrogen hast, das hab ich mir also auch bloß eingebildet.

FELIX. Ich war vielleicht ein bißchen angetan. Vielleicht sogar mehr als ein bißchen. Ich hab ein paar Gläser Rotwein getrunken mit Berenice.

TRUDE. Aha, Berenice.

FELIX. Mit ... mit Hannelore. In Chur. Wir hatten uns kennengelernt in der Mineraliensammlung dieses Barons von ... von ...

TRUDE. Na, jetzt, wo bleibt dein überlegenes Gedächtnis.

FELIX. Von ... von ...

TRUDE. Von Schlugen.
FELIX. Richtig, von Schlugen, bei dem war's. Bere ... Hannelore interessierte sich auch für Mineralogie.
TRUDE. Sie war Assistentin in Innsbruck.
FELIX. Kann sein.
TRUDE. Ihr habt Veltliner getrunken.
FELIX. Möglich. Aber mehr war nicht.
TRUDE. Felix.
FELIX. Ach Gott, ja, wir plauderten. Seufzten vielleicht ein bißchen aneinander vorbei. In der Dämmerung dieser Bünder-Stuben.
TRUDE. Und sie umfaßte ihre eigenen Knie.
FELIX. Tat sie das?
TRUDE. Hast du gesagt. Und in welcher Lage tut das eine Frau? Wenn sie schon liegt. Und wozu tut sie's? Vielleicht, um sich von der Sonne bescheinen zu lassen, was!
FELIX. Trude.
TRUDE. Hast du etwa nicht gesagt, sie umfaßte ihre Knie.
FELIX. Aber doch nur im Lokal. Und mit beiden Händen beide Knie und die Knie blieben geschlossen.
TRUDE. Das hör ich zum ersten Mal.
FELIX. Ich habe nie was anderes gemeint.
TRUDE. Und warum wird dann bei uns seit Jahren im Bett immer von dieser blonden Spanierin gesprochen?
FELIX. Du sprichst von ihr.
TRUDE. Und du nicht?
FELIX. Weil du es willst. Immer tust du so, als müßtest du mich von ihr zurückerobern. Na ja, und da laß ich mich eben zurückerobern. Das ist ja ganz angenehm.
TRUDE *schrill verächtlich:* Das ist ... das ist ungeheuer.

FELIX *versteht sie noch nicht:* Ich schwör es ...

TRUDE. Hör auf, hör auf. Es reicht. Und mit sowas war ich verheiratet. Gibt an. Spielt den tollen Mann von Graubünden. Notzucht zwischen Mineralien. Und ich verzeih ihm. Er ist eben ein Mann. Und dann ist er gar keiner. Dann war alles bloß ein Witz. Nichts als ein Witz. Felix, das kann dir niemand verzeihen. Du bist ein Monstrum. Ein ganz komisches, winziges Monstrum. Ich sehe dich nicht mehr. Aus.

FELIX *sachlich:* Die Baltin in München hab ich geküßt.

TRUDE *lacht laut und grell:* Die Baltin in München hat er geküßt. So ganz unverschämt und brutal auf die Stirn, was?

FELIX *kalt:* Auf den Mund, Trude.

TRUDE. Das ist allerhand.

Pause

FELIX *ruhig:* Verzeih. Ich hätte wissen müssen, daß du die Wahrheit nicht erträgst.

TRUDE. Ob ich dich noch ertrage, mein Lieber, das ist die Frage. Daran hättest du denken sollen. Angst vor Benno, Angst vor Mäusen.

FELIX. Vor Ratten.

TRUDE. Vor Mäusen! Und einmal in Chur in der Dämmerung geseufzt. Und einmal in München auf die Stirn geküßt.

FELIX. Auf den Mund.

TRUDE. Und warum nicht mehr? Warum hast du sie nicht gepackt und genommen? Weil du kein Mann bist. Und ich habe gelitten unter der Baltin und wie im Fieber geflucht auf die Spanierin. Seitdem kann ich Leute nicht leiden, die nach Spanien in Urlaub fahren. Und das Baltikum gönn ich den Russen. Weil ich dich teilen mußte mit denen. Ich stellte mir vor, wie es war mit denen, und ich hab mich allmählich stärker gefühlt als die, mit meinen Zähnen hab ich dich herausgebissen aus deren Fleisch, und wenn ich mit dir sprach von ihnen, hab ich dich beobachtet, ob es vorbei ist, ob sie noch Macht haben, und als sie keine Macht mehr hatten, da hab ich dir verziehen. Das war schön, dir verzeihen zu können. Wie ein Gewürz war das. Es hat mich dir ganz unterworfen. Und jetzt war's also nichts. Nichts als ein Witz. Es gibt überhaupt nichts, was du nicht kaputt machen kannst. Und ich kann mich wehren wie ich will. Alles ist jetzt lächerlich. Du. Ich. Ich bin verheiratet mit einer komischen kleinen spießigen Nummer. Auf Lebenszeit. Felix, wie krieg ich dich jetzt wieder zusammen. Daß du was bist. Zum Beispiel ein Mann.

FELIX. Falls dich das interessiert: ich hab dich zwar nie betrogen, aber ich habe dir immer viel verschwiegen. Gesagt hab ich nur, was dir gut tun sollte. Das war falsch, ich seh es jetzt. Ein Mann schluckt nicht und schweigt und schont und schont. Ein Mann packt aus. Gut, liebe Trude, ich befrei dich vom Krankenwärter und liefere dir endlich was du brauchst, das bißchen Mann. Wie muß es dich freuen zu hören, daß ich die Intrige nicht anzettelte, um dich zu schonen, sondern mich. Weil ich nämlich, falls dich das interessiert, die Vierundzwanzigjährige selber gesehen habe. Vorgestern. Ich komm gerade raus vom Juwelier Schrandolf, hatte die Rubine gekauft für dich, da stehen sie vor Schrandolfs Laden, vor seinem Fenster und verlachen die Juwelen, Gold und Brillanten. Die Vierundzwanzigjährige und er. Benno stellte sie mir vor.

Wie muß es dich freuen, liebe Trude, dein kleiner spießiger Erdkundelehrer, der doch nur noch darunter leidet, daß Erdkunde kein Versetzungsfach ist, dem die Haare schwinden, der in der Schule Quarzwecker heißt, der dem Tag entgegensieht, da er keinen komischen Zug mehr unterdrücken kann, dieser fast schon endgültig karikierte und durch und durch komische Erdkundelehrer empfand die Vierundzwanzigjährige als einen Schlag, dem er nichts entgegenzusetzen hatte als eine Intrige. Nicht dich wollte ich schützen vor ihr. Nur mich, liebe Trude. So hat die Vierundzwanzigjährige deinem Felix zugesetzt. Und Felix fühlte sich fast als Mann. Benno hat Haare, sagst du, gut, er hat Haare. Benno ist ein Mann. Also ist er kein Krankenwärter. Also wirft er Regina hinaus. Rennt auf den Tennisplatz. Läßt sich massieren. Heiratet die Vierundzwanzigjährige. Die größer ist als du, falls dich das interessiert. Wie muß es dich freuen zu hören, daß ich, seit ich die Vierundzwanzigjährige sah, nichts mehr möchte als sie. Schultern hat sie, wie Flußbasalt, der seit achtundachtzigtausend Jahren vom Gebirgswasser gerundet und gehätschelt wird, falls dich das interessiert. Alles an ihr ist vierundzwanzig, Trude. Jedes Haar, jeder Zahn und Fingernagel, die Ohrläppchen, die sie nackt zeigt, wie sie sind, fast ein bißchen geschwollen, so blühend rund nach unten hin. Und ich hatte gerade die Rubine gekauft. Jetzt waren's Kieselsteine. Benno sieht natürlich sofort, daß mich die Vierundzwanzigjährige sozusagen verbrennt. Er sieht, daß ich es verheimlichen will, daß ich heuchle, daß ich rasch was ganz Unerschüttertes sage, was total Verlogenes. Ich kann ja nicht, wie er sie hinstellt vor mich, als sein prächtiges Eigentum auf höchsten Beinen, mit einer Brust, zu der man hinaufbellen möchte, da kann ich ja nicht einfach aufschreien. Benno zeigt mir auch sofort und unverschämt, daß er mich durchschaut, klopft mir auf die Schulter, der junge General dem alten Invaliden, und sagt, wir sähen uns ja heute abend wieder, sagt es, als sagte er: da darfst du sie ja wieder ein paar hundert Sekunden lang anstarren und dir abzwacken, soviel du mit den Augen abzwacken kannst. Zwischen uns aber steht sie, sein Eigentum, und entblößt plötzlich alle Zähne, falls dich das interessiert. Ich rede rasch was, daß sie noch nicht gehen. Ich bin achtundvierzig und schon achtundfünfzig, und gleich achtundsechzig, laßt mich jetzt nicht stehen und geht weg, einander an den Hüften reibend, sagt mir ruhig ins Gesicht, es ist spießig, achtundvierzig zu sein und sich weiden wollen, zittern vor Begierde, aber nichts zugeben. Ich komm mir trotzdem ganz menschlich vor in dem Augenblick, das menschlichste Wesen, das ich kenne, weil ich soviel verbergen muß und nicht weiß wie. Aber da lachen schon beide und gehen einfach weg von mir. Solang ich sie sehen kann, reiben sie mit den Hüften aneinander. Falls dich das interessiert. Wie muß dich das freuen, liebe Trude, dein komischer Felix entdeckt plötzlich, rundherum wimmelt es von Vierundzwanzigjährigen. Und Felix fühlt sich fast als Mann. Falls überhaupt noch, denkt er, dann mit denen. Hier gilt, was bewußtlos macht. Und das bist nicht du. Das sind sie. Die jungen Geschöpfe. Vollkommen wie ein guter Industrieartikel. Die qualifizierte erotische Norm. Was darunter bleibt, kommt nicht in Frage. Für einen Mann. Und fühlt sich dein Felix als der Mann, den du verlangst, dann sagt er sich: für zu Hause bleibt nichts als Hygiene. Das wär natürlich noch möglich, liebe Trude. Wir verrichten das als was Hygienisches. Wie Fingernägelschneiden. Als einen Akt der Körperpflege. Du schweigst Trude, ich mache dich darauf aufmerksam, daß du schweigst. Bitte, falls dich das noch interessiert: die Fliegergeschichte aus den Ardennen, der Abschuß über dem Kirchdach, das war vorbereitet für den Fall, daß die Intrige nicht gelänge. Felix, der sich nun doch fast als Mann fühlte, wollte gewappnet sein. Das ist übrigens sehr klug, zu schweigen. Aber falls du jetzt noch ein bißchen herumhampeln willst auf der spießigen kleinen Nummer, die ich bin, bitte. Die Fenster klirren, so schweigst du. Du willst mich kaputtschweigen. Kurz und klein schweigen willst du mich. Bin ich nun ein Mann oder bin ich keiner? Ich bin keiner. Es ist wahr. Es fehlt der Betrug. Die Scheidung. Das schaff ich nicht. Dich verlassen. Als wärst bloß du bald fünfzig. Als wär's deine persönliche Schuld. Die Kinder sind aus dem Haus, also was bindet uns noch? Komisch, sobald ich denk, du bleibst allein zurück, da sträubt sich was. Ich will es nicht gleich Liebe nennen. Zaghaftigkeit, das wird es sein. Ich bin eben kein Mann. Schweig nur weiter. Nicht einmal eine Maus schaff ich, nicht wahr? Ein Jämmerling. Oder wie du das sagst: ein Erdkundelehrer. Du willst mich also kaputtschweigen, gib's zu. Oder bist du einfach zerschmettert. Bitte, du hast mich ja auch zerschmettert. Also mußte ich beweisen: ich kann dich auch zerschmettern. Sonst sagst du gleich wieder, ich bin kein Mann. Die Ehe ist nun mal eine seriöse

Schlacht. Nein, nein, eine Operation. Zwei Chirurgen operieren einander andauernd. Ohne Narkose. Aber andauernd. Und lernen immer besser, was weh tut. So, jetzt ruf ich das Nervenkrankenhaus an und frage, was man mit einer stummen Frau macht. Oder ich ruf Regina an. Die sitzt auch allein. Komm, Trude, laß uns ganz scheinheilig was Gutes tun. Wir sagen: schau uns an, Regina, wir sind nicht hingegangen. Wir haben der Neuen die diplomatische Anerkennung verweigert. Ach sieh an, es schüttelt dich vor Verachtung. Sag es doch, was du denkst. Was dein Benno sagt: Dein Mann ist ein Spießer. Sag es doch, Trude. Du ziehst es vor, mich kaputt zu schweigen. Es wird dir nicht gelingen. Der Spießer ist zäh. Aber er ist nicht grausam, Trude. Leider, das ist er nicht. Gut, ich rede mal so hin an dich. Aber es tut mir doch genauso weh wie dir. Trude, hörst du? Hörst du! Unter dem Vorwand, die Wahrheit zu sagen, gestatten wir uns jede Gemeinheit. Wenn das die Wahrheit ist, Trude, dann laß uns wieder lügen.

Trude hat während seiner Rede andauernd reagiert; gegen Ende der Rede hören die Reaktionen völlig auf; was Trude jetzt denkt, sieht man ihr nicht mehr an. Nach seinem letzten Wort ist es noch eine Zeitlang still. Dann fängt Trude an. Ganz und gar ruhig, ohne jede Aggressivität; aber auch ohne gefährlich wirkende Milde. Sie wirkt tatsächlich wie die pure Vernunft. Sie will ihrem Mann überhaupt nicht widersprechen. Sie muß lediglich dem, was er sagte, etwas hinzufügen. Nicht gegen ihn, nicht um ihretwillen, sondern um einer allgemeinen Wahrheit willen. Deshalb kann sie so ruhig und fast wie unbeteiligt sprechen.

TRUDE. Nein. Das tut uns gut. So ein bißchen Wahrheit. Nicht gleich wieder die Hände heben und beschwichtigen, Felix. Du hast mir doch geholfen. Wirklich. Schau nicht so ... so ängstlich. Es k o m m t kein Schlag. Ich danke dir, weil du endlich etwas gesagt hast. Ich hätte es nicht gewagt. Du kannst dir denken, daß ich auch etwas zu sagen hätte. Seit langem ... Aber andauernd ist man besorgt ... daß ja nichts passiert ... richtig gelähmt ... vor lauter Beschwichtigungssucht ... es kommt mir vor, wir oder du oder unsere Ehe, alles ist allmählich aus Porzellan, hauchdünn, jeden Tag muß man noch mehr aufpassen. Eine unvorsichtige, das heißt: eine unwillkürliche, das heißt: eine natürliche Bewegung, und alles bricht auseinander. Also bewegen wir uns umeinander herum, Glockenspielfiguren, das Zeremoniell klappt, wir werden einander nie nie nie mehr berühren. So recht ehelich. Andererseits ... ich weiß nicht ... besonders lebendig komme ich mir nicht mehr vor. Deshalb, verstehst du jetzt, deshalb bin ich dir so dankbar, daß du endlich einmal etwas gesagt hast, was klingt, als sei es wirklich das, was du denkst. Zum ersten Mal, Felix. Bitte, nimm es nicht gleich wieder zurück. Sonst habe ich nicht den Mut, dir zu sagen, was ich dir jeden Tag sagen müßte, ich weiß nicht, wie lange schon, wahrscheinlich von Anfang an hätte ich dir sagen müssen, wie das ist, e i n e n Mann zu haben. Einen. Anstatt zwei oder fünf oder siebenundneunzig. Felix, glaub mir, das ist eine unheimlich komische Erfahrung, gleich beim ersten Mal und dann immer wieder. E i n Mann, Felix, das ist nichts. Ich sag das nicht einfach so heraus. Ich habe diesen Satz zwanzig Jahre lang gekaut, Felix. Lange wollte ich es einfach nicht glauben, daß diese ... na ja, diese Schöpfung oder das, was daraus geworden ist, daß das ein solcher Pfusch ist, so dilettantisch, auf eine so gemeine Weise unvollkommen, auf eine so entwürdigende Weise mißlungen, für eine Frau, verstehst du, eine Frau müßte eigentlich ablehnen. Sobald sie sieht, daß ihre Erfahrungen endgültig sind, müßte sie sagen: nein, danke! Anstatt sich abzufinden. Aber nein, sie legt sich immer wieder hin unter diesen e i n e n unzureichenden, überhaupt nicht in Frage kommenden Mann. Immer wieder erwartet sie mehr als ihn. War das auf Kreta, wo diese Königstochter sich eine Kuhattrappe bauen ließ, hineinschlüpfte, um den Stier zu erwarten? Du weißt natürlich nicht, wie das ist, du hast nicht diese weiche Gegend, wie das zieht, Felix, das saugt an, man glaubt, New York bleibt nicht an seinem Fleck, das saugst du einfach weg von dort und her zu dir und in dich hinein, das ganze aufragende Manhattan ... aber dann ... Manhattan spürt nichts von meiner Anziehungskraft ... du kommst ... aber auch nur aus Gewohnheit ... von dem Sog spürst du nichts ... ich kann dir nicht einmal verständlich machen, wie enttäuschend das ist, wenn du kommst anstatt ... anstatt Manhattan oder sonstwas ... du zählst nicht, hast noch nie gezählt ... verstehst du das? Ich weiß nicht, wieviele ich bräuchte von deiner Sorte. Auf jeden Fall eine Mehrzahl. Daß einmal genug davon da wäre, genügend Mann. Ich liege herum, mache den Himmel mit aufgestellten Knien auf mich aufmerksam. Kein Blitz erbarmt sich. Also beneid ich den Flugplatz, auf den diese riesigen Düsenenteriche niedergehen. Aber das begreifst du nicht. Wie man geschlagen ist mit dieser Sauggewalt, mit dieser weichen Stelle. Und das Schlimmste, Felix: ich darf dich nicht einmal merken lassen, wie wenig du zählst. Ich muß so tun, als wärst du ganz toll und mir verginge unter dir Hören und Sehen. Dann hast du deinen ... deinen kleinen Aderlaß. Dann wirst du höflich wie ein Irrenarzt. Ich bleib liegen. Im Feuer. Verrecke ganz langsam. Du schenkst dir Sprudel ein. Ich schau dich an. Bettelnd. Ich genier mich. Aber ich bettle. Nein, ich genier mich nicht. Ich bettle. Du trinkst langsam deinen Sprudel aus und sagst: entschuldige, sonst krieg ich Sodbrennen ...

Das Telephon läutet. Trude rührt sich nicht. Also geht Felix und nimmt ab.

FELIX. Hier Felix Fürst. Ach Benno, du. *Konzentriert sich sofort scharf.* Wir sind leider noch nicht ganz ... bitte ... ach. Und Neumerkel? Auch. So, so. Und warum sind sie erst so spät gekommen? Haben sie gesagt. Ja. Das stimmt. Ach nein, verrückt nicht. Zum Verrücktsein reicht es nicht bei mir. Es war so ein Einfall. Vielleicht kein sehr guter Einfall. Ich dachte, jetzt bist du schon achtundvierzig Jahre alt, aber so eine richtige Intrige ist dir noch nie gelungen. Und wie du siehst, ist es auch dieses Mal nichts geworden. Zu freundlich von dir, Benno. Zu großmütig auch. Vielleicht sogar ein bißchen überheblich. Ein bißchen. Ohnehin, ich müßte es zuerst mit Trude besprechen, die ja nichts weiß von meiner Intrige. Ich sagte ihr, du, du hättest plötzlich wegfahren müssen. Nein, sicher ist es ganz und gar nicht. Mal sehen. Danke. Das gleiche für die Deine. Und besonders herzliche Grüße an die Herren Neumerkel und Mengel. *Er legt den Hörer auf.*

FELIX *nach einer spürbaren Pause:* So, Trude. Jetzt. Bitte. Verrat. Ringsum Verrat. Alle sind umgefallen. Benno macht kusch, schon fressen sie ihm wieder aus der Hand. Liefern Begeisterung. Die Konversation lodert. Es leuchtet der Sekt. Wer wächst jetzt nicht über sich selbst hinaus! Selbst die Käserinde schafft noch einen krachenden Witz auf Felix Fürst. Los, Trude, mach weiter. Mach kaputt, was noch nicht kaputt ist. Du findest sicher noch was. *Pause.* Alle tanzen, Trude. N-e-u-m-e-r-k-e-l tanzt. Nach neuester Façon. Meine junge Frau hat ihn herumgekriegt! Und Mengel singt. Benno, die Großmut selbst lädt uns ein. Schwamm drüber, sagt er. Also was ist, Trude. Willst du hin? Bitte, sag es mir, sobald als möglich.

Er setzt sich, stützt den Kopf in die Hände.

TRUDE *nach einer Pause:* Felix.

FELIX. Mir jetzt noch sowas anzubieten: hier seid ihr immer herzlich gern gesehen. Mir das anzubieten. Meine junge Frau ... In Zachau draußen, an der Omnibushaltestelle hat er sie mitgenommen. Da stand sie! Er hält! Einander nie gesehen! Und sie steigt ein! So ging das! Das mußt du dir einmal vorstellen. Nie gesehen. Und steigt einfach ein.

Pause

TRUDE. Felix.

FELIX. Ja, Trude.

TRUDE. Wir bleiben hier.

FELIX. Wenn es noch möglich ist. Nach allem.

TRUDE. Ist es möglich, dorthin zu gehen?

FELIX. Nein.

TRUDE. Na also.

Pause

FELIX. Was ich alles sagte, so im Laufe des ... des Abends.

TRUDE. Ich doch auch.

FELIX. Wie zwei Hochverräter haben wir uns benommen.

TRUDE. Wir können uns das einfach nicht leisten.

FELIX. So weit ich sehe, haben wir jetzt keine Freunde mehr.

TRUDE. Die Kinder.

FELIX. Sind keine Kinder mehr.

TRUDE. Ich könnte Regina anrufen.

FELIX *überlegt:* Nnnein. Lieber Musik, Trude. Wir haben doch auch Schallplatten.

TRUDE *springt auf und schaut nach:* Da, Felix, der Tango, weißt du noch? *Sie läßt die Tangoplatte laufen. Mit Gesang. Überlaut. »Im Hafen von Adano« oder sowas. Auf jeden Fall eine Platte aus den Fünfzigerjahren. Trude wirbelt ihre Haare auf, holt eine Sonnenbrille, gibt sich jung und frivol. Felix holt aus einer Schublade eine Schachtel, in der Karnevalsrequisiten aufbewahrt werden. Sie versuchen, ausschweifend kühn zu tanzen, aber es gelingt nur mühsam.*

FELIX. Nein. *Er stellt die Platte ab. Sie legen Bärtchen und Sonnenbrille weg.*

FELIX. Nein, Trude, das ist vorbei. Der Tango. Wir müssen wirklich was Neueres haben. Schade.

TRUDE. Weißt du was, Felix, ich würde gern, falls du es nicht falsch verstehst ...

FELIX. Raus damit, Trudchen. Ich bin schon einverstanden.

TRUDE. Wir könnten, ich dachte schon den ganzen Abend daran, wirklich Felix, eigentlich wär ich deshalb sowieso fast lieber daheim geblieben ...

FELIX. Trudchen, jetzt sag's doch schon.

TRUDE. Fernsehen. Es kommt was von Goethe. Iphigenie.

FELIX. Ach richtig, Iphigenie. Aber ja, Trudchen, schnell.

Trude schaltet ein. Felix bringt die Sessel in Fernseh-Stellung.

Und das hätten wir versäumt. Nun stell dir vor, du hast die Wahl zwischen Bennos Geschwätz und Goethe. Also ohne jeden Snobismus, Trude, da muß man Goethe einfach vorziehen.

Der Iphigenietext kommt überlaut.

ARKAS. Dies ist der Tag, da Tauris seiner Göttin
Für wunderbare neue Siege dankt.
Ich eile vor dem König und dem Heer,
Zu melden, daß er kommt und daß es naht.

IPHIGENIE. Wir sind bereit, sie würdig zu empfangen,
Und unsere Göttin sieht willkommnem Opfer
Von Thoas' Hand mit Gnadenblick entgegen.

ARKAS. O fänd ich auch den Blick der Priesterin,
Der werten, vielgeehrten, deinen Blick,
O heilge Jungfrau, heller, leuchtender,
Uns allen gutes Zeichen! Noch bedeckt
Der Gram geheimnisvoll dein Innerstes;
Vergebens harren wir schon Jahre lang
Auf ein vertraulich Wort aus deiner Brust.
So lang ich dich an dieser Stätte kenne,
Ist dies der Blick, vor dem ich immer schaudre;
Und wie mit Eisenbanden bleibt die Seele
Ins Innerste des Busens dir geschmiedet.

IPHIGENIE. Wie's der Vertriebnen, der Verwaisten ziemt.

. . . .

ARKAS. Wenn du dich so unglücklich nennen willst,
So darf ich dich auch wohl undankbar nennen.

IPHIGENIE. Dank habt ihr stets.

ARKAS. Doch nicht den reinen Dank,
Um dessentwillen man die Wohltat tut;
Den frohen Blick, der ein zufriednes Leben
Und ein geneigtes Herz dem Wirte zeigt.
Als dich ein tief geheimnisvolles Schicksal
Vor so viel Jahren diesem Tempel brachte,
Kam Thoas, dir als einer Gottgegebnen
Mit Ehrfurcht und mit Neigung zu begegnen.
Und dieses Ufer ward dir hold und freundlich,
Das jedem Fremden sonst voll Grausens war,
Weil niemand unser Reich vor dir betrat,
Der an Dianens heilgen Stufen nicht
Nach altem Brauch, ein blutges Opfer, fiel.

FELIX *ist endlich aufgesprungen und hat abgedreht:* Entschuldige, Trude. Ich schau hin; aber ich höre nicht zu.

TRUDE. Ja, merkwürdig. Ich auch.

FELIX. Dauernd denk ich daran, daß wir uns damit bloß ablenken wollen. Dabei lenkt es einen gar nicht ab.

TRUDE. Ach, schön ist es schon.

FELIX. Ja, schön schon. Aber wir brauchen doch keine Ablenkung, oder? Weißt du was, ich ruf jetzt doch Regina an. Du hast ganz recht, die Ärmste sitzt allein zuhause, kein Mensch kümmert sich. Das muß doch nicht sein, daß jeder allein in seiner Wohnung vermodert, schon bei Lebzeiten. *Er wählt.* Ja, Regina. Ja, ich bin's. Ob du noch einen Schluck trinken möchtest mit uns. Ach so, ja richtig, die Iphigenie. Na ja. Falls du aber Menschen vorziehen solltest, wir würden uns freuen. Wunderbar. Bis gleich. *Legt auf.* Haben wir Sekt? Nein. Na ja. Wir schaffen es auch ohne Sekt.

TRUDE. Wir haben noch Likör.

FELIX. Likör. Warum nicht. Dann eben Likör.

Trude ist nach hinten gegangen, ans Getränkefach.

TRUDE. Schschsch . . . da, Felix, hörst du's, sie ist wieder da. Die Ratte, Felix. Sollen wir in die Küche?

Felix rennt zu seiner Vitrine, holt zwei Steine heraus.

FELIX. Lächerlich. Diesmal ist sie dran. Blauschiefer, den leg aufs Kissen. Unter diesem Granit stirbt sie. *Er hat die Schuhe abgestreift. Lauert. Hebt den Stein. Schmettert ihn plötzlich hinterm Sessel hinab.* Und getroffen. *Holt den Stein und klopft noch nach.*
Komm, Trude. Schau, Trude. Schau es dir an. Das Biest. Das üble Biest. Das dreckige Biest. Das Biest. Das Biest. Das Biest.

TRUDE *wendet sich ab:* Nein, Felix, nein. Ich kann es nicht sehen. Bitte, hinaus, wirf es hinaus. Über den Zaun. Bitte, weit über den Zaun.

FELIX *holt Papier, wickelt die Maus ein:* Schade. 'n ganz hübsches, wüstes Exemplar. Hat sich gemästet bei uns. War wirklich Zeit, daß wir da tätig wurden. Die tat schon ganz vertraulich. Ganz freches Vertrauen zeigte die. Sitzt da, sieht mich. Daß ich sie umbringen könnte, auf die Idee kommt die gar nicht mehr. Na jetzt hat sie's dafür. *Durch die Hintertür wirft er sie hinaus. Kommt herein, säubert den Stein, trägt die Steine zurück in die Sammlung.*
So und jetzt lob mich mal. Was hast du dir ausgedacht als Lohn für diese blutige Tat?

TRUDE. Ich würde sagen ...
FELIX. Du würdest sagen ...?
TRUDE. Erdkunde wird Versetzungsfach.
FELIX. Trude, ich liebe dich.

Er umarmt sie. Zeigt auf die Schlafzimmertür.

FELIX. Sollen wir jetzt, Trude, hinüber?
TRUDE. Wenn du willst.
FELIX. Oder willst du lieber hierbleiben?
TRUDE. Es hängt doch nicht bloß von mir ab. Hoff ich.
FELIX. Von mir und von dir, liebe Trude.
TRUDE. Ich sage: von dir.
FELIX. Herrgott, Trude ... Nein. Also, schau, vielleicht können wir uns verständigen. Vielleicht gelingt es uns, herauszufinden, was beide wollen. Also was willst du?
TRUDE. Sag du zuerst, was du willst.
FELIX. Ruhig, Trude, nicht gleich so laut. Wir müssen jetzt wirklich vorsichtig sein.
TRUDE. Dann tu bitte nicht so, als wollte ich dich gegen deinen Willen ins Schlafzimmer zerren.
FELIX. Bitte, das wär mir ganz angenehm.
TRUDE. Aber mir nicht.
FELIX. Darum frag ich ja, was dir angenehm wäre.
TRUDE. Daß du mich.
FELIX. Was?
TRUDE. Zerrst, von mir aus.
FELIX. Na wunderbar. Jetzt weiß ich es doch. Also los, dann zerr ich dich eben. Komm.
TRUDE. Nein. Zu spät. Von dir aus hättest du es tun sollen. Von selbst. Einfach so. Ohne Erkundigung.
FELIX. Gut, dann bleiben wir eben vorerst hier.
TRUDE. Ach Felix, jetzt hast du die letzte Chance ver-

paßt. Ich setz mich hin und sag: nein, so will ich nicht, und du, anstatt mich einfach mitzunehmen, gegen meinen Willen, du setzt dich auch hin. Das bist du, mit dem ich leben soll ... mein ...

FELIX. Nicht, Trude, nicht, wir dürfen nicht, nicht jetzt ...

TRUDE. Verbiet doch, statt zu betteln, mach eine Faust ...

FELIX. Wo das hinführt, der blanke Haß, ich sag dir voraus ...

TRUDE. Du warst beim Wetterdienst. Du sagst voraus. Das ist bekannt.

FELIX. Bevor in diesem Strudel, Trude, beide nur noch Trümmer ...

TRUDE. Endlich, Felix, ein Bild, sei stolz, du hast es formuliert und damit ...

FELIX. Wie lang, glaubst du, mach ich das mit.

TRUDE. Ewig. Solang ich will.
Felix ist aufgesprungen, steht reglos vor ihr.
Felix, pump dich nicht auf ... dein Grimm ist gespielt ... du meinst es nicht so ... mach mir nicht Angst ... du bist nicht zum Fürchten ... das wissen wir doch ... Felix ... glaub mir, du bringst mich nicht um. Auch wenn du jetzt so Augen machst. Du schaffst es nicht.

FELIX *setzt sich wieder:* Und weil du das weißt, erlaubst du dir alles. Es fehlt die Angst. Das ist der Grund von allem.

TRUDE *nach einer Pause:* Was sollen wir tun?

FELIX. Das Maul halten. *Pause*

TRUDE. Ich wüßte schon ... *Pause.* Es ist nur ein Vorschlag. *Pause.* Wenn du versprichst. *Pause.* Sag mir zuerst, daß du nicht gleich schreist. *Pause.* Felix. *Pause.* Felix, schweig nicht so. Felix, bitte. Dein Schweigen ... ich geb doch zu ... ich hab Angst, wenn du so schweigst.

FELIX. Kein Grund, Trude. Es bedeutet weiter nichts. Ich verzichte lediglich darauf, mich dir noch verständlich zu machen.

TRUDE. Felix, bitte. Ich hätte doch wirklich einen Vorschlag.

FELIX. Bitte.

TRUDE. Wir könnten hingehen.

FELIX. Wohin?

TRUDE. Nur ein Vorschlag, Felix. Hin, zu den anderen. Ganz frech. Und ganz einig. Wir treten auf. Geschlossen. Das würde uns helfen. Ich halte dich. Du hältst mich. Untrennbar. Wir lachen. Zeigen denen, daß wir ganz irrsinnig zusammengehören. Eine richtige Demonstration, verstehst du. Daß Benno sieht, er prallt ab. Alle prallen ab. Natürlich nur, wenn du glaubst, du kannst es. Wenn es dir möglich ist, trotz der Vierundzwanzigjährigen.

FELIX. Ach, Kind, die halt ich wirklich aus.

TRUDE. Ich möchte mir diese Person doch einmal genauer ansehen. Und wenn Benno wieder von seinen Abschüssen anfängt, dann haust du ihm deine Ardennengeschichte hin. Bitte, Felix, versprich es mir. Und nachher lachst du und sagst: kein Wort wahr. Sowas kann doch jeder erzählen. Und ich schau dieser Person mal unters make up. Wenn ich darf.

FELIX. Du darfst.

TRUDE. Bist du dafür?

FELIX. Für alles.

TRUDE. Felix. Ich möchte mich doch mit dir zeigen. Und hier müssen wir sowieso raus. Findest du nicht?

FELIX. Ja, Trude. Ich finde es auch.

TRUDE. Verzeih mir. Ein allerletztes Mal.

FELIX. Mein Gott, Trude, wir haben einander doch nichts zu verzeihen. Wir sind ein Fleisch. Also innig verwandt. Es gibt zwischen uns keinen Unterschied. Wo ist die Jacke, deine Tasche, mein Hut. Heraus aus der Etappe. Wenn uns der Feind nicht heilt, können wir immer noch daheim verfaulen. *Sie richten sich her. Werden immer aufgeregter.*

TRUDE. Jedes Wort muß sitzen, Felix. Bitte, überleg dir was.

FELIX. Das Bärtchen, was meinst du?

TRUDE. Ja und ich komm mit Sonnenbrille. Daß sie sehen, wir machen uns lustig.

FELIX. Die ochsenblutrote, Trude, wo ist jetzt bloß die ochsenblutrote?

TRUDE. Nimm die blaue.

FELIX. Nein, du hast gesagt, heut geht nur die ochsenblutrote. Daß das klar ist, ganz kalt stehen wir zu unserem Versuch, den Abend zu sprengen. Da wird nichts zurückgenommen. Falls Benno davon anfängt.

TRUDE. Das wird er schön bleiben lassen.

FELIX. Dann werde ich davon anfangen. Am besten in einem Nebensatz.

TRUDE. Ich werde dieser Person . . ., wie heißt die eigentlich?

FELIX. Rosa.

TRUDE *lacht künstlich hoch:* Nein, Felix, bitte, im Ernst, wie heißt sie.

FELIX. Rosa, ich schwör's. Er nennt sie allerdings Rose.

TRUDE. Das wird ihm wenig nützen.

FELIX. Na also, da schau, Trude, bitte, die ochsenblutrote, hier, das ist doch ...

TRUDE. Felix, du selber hast sie da hinge ...

FELIX. Aber Trudchen, ich mach dir doch keinen Vorwurf. Natürlich hab ich sie selber ... ich sag doch bloß ... Bitte, Trudchen, paß auf, daß wir nicht plump werden. Man muß das fein, fein dosieren. Mit Finesse. Mit spröder Ironie. Verstehst du. Einfach so hintändeln, aber eigentlich ist es ein Schlag.

TRUDE. Mein Gott, Regina.

FELIX. Wir können schließlich nicht unser ganzes Leben nach ihr ... soweit kommt es noch, daß wir uns opfern für jede, die Benno sitzen läßt.

TRUDE. Die arme Regina.

FELIX. Bist du soweit, Trudchen.

TRUDE. Was soll ich zuerst sagen, Felix, beim Eintritt? Vielleicht einfach so lächeln. Was meinst du.

FELIX. Ja, das ist nicht schlecht. Je souveräner, desto besser. Ganz beiläufig mal so'n Satz. Du, das Bärtchen, ich weiß nicht.

TRUDE. Tu's weg. Die haben doch keinen Humor. Die Sonnenbrille stört mich auch. Ich seh ja sonst gar nicht, wie Rose reagiert, wenn ich lächle. Also, Rose, weißt du. Da komm ich nicht drüber weg.

Beide sind jetzt ganz zivil.

FELIX. Und je freundlicher, desto tiefer trifft es, denk daran, Trude.

TRUDE. Aber du gehst nicht weg von mir. Bleibst immer ganz eng.

FELIX. Mit Herz und Hand, mein Schatz.

TRUDE. Also, Felix.
FELIX. Jetzt wird es ernst. Komm Trude.
TRUDE. Ja, Felix.
Sie gehen nach hinten ab.

Autobiographische Skizze

Von Wasserburgern

Alle Menschen sind am 24. März 1927 in Wasserburg am Bodensee geboren. Das ist länger her als die Jahreszahlenrechnung vermuten läßt. DAMALS, das ist inzwischen ein Wort, so gewaltig wie ein Pfahl, den man hier in die Erde treibt, damit er bei Neuseeland wieder an die Sonne komme. Manche versuchen jetzt herauszubringen, ob der 24. ein Sonntag oder Freitag war und wie die Sterne standen. Andere durchblättern Kirchenbücher nach den Fluglinien und Kriechspuren der Vorfahren. Fast alle werden, je weiter der 24. März 1927 im Zeitenmoor versinkt, desto eifrigere Historiker. Alle Menschen wollen offenbar zurück. Oder sie wollen wenigstens jetzt nicht mehr weiter. Sie möchten endlich bremsen. Sie möchten sich des 24. versichern. Sie haben noch eine Ahnung, wie das war in dieser Bahnhofwirtschaft, die dem Bahnhof gegenüber steht, aber sich durch ein paar Ziegelsteingesimse zu seiner gänzlichen Ziegelsteinhaftigkeit bekennt. Man kann sich schwer wehren gegen diesen rötlichen Bahnhof, der ja der Bahnhof aller Bahnhöfe ist. Schließlich hat die Menschheit mit Kreidebrokken, die nicht aus Schreibwarengeschäften stammten, auf seinen Ziegelsteinrechtecken gelernt, sich auszudrücken. Und wenn dann der Vorstand kam! Gott mußte in der ersten Religionsstunde nur noch in dessen Reichsbahnuniform schlüpfen und hatte gewonnen. Für immer makellos, das Mützenrot, der Bärtchenglanz, das Rot und Grün der Blechscheibe am hölzernen Stil. Mit dieser

Kelle konnte man Josef freie Fahrt nach Ägypten und Petrus Halt im Pilatushof signalisieren...
Die Bahninteressenten kehren nicht mehr zurück, das ist klar. Sie sind verloren. Man denke nur an die Anziehungs- und Fassungskraft der höherstehenden und aus ebenso schönen Ziegeln erbauten Güterhalle, an ihre kirchenhaften Westfenster, an die für Barfußsohlen spreißelspreizenden hölzernen Rampen, an den Geruch von allen Gütern, an den Verkehr mit der Welt. Da ich zwar auch im Eisenbahnwesen des Jahres 27 untergehen möchte, aber nicht darf, trenne ich mich von denen, die bei den Grafikrätseln der Frachtbriefe und den werktäglich, aber stolz schnaufenden Lokomotiven untergehen. Wo einer auf diesen Vergangenheitsboden tritt, ist er verloren. Er versinkt wirklich. Kommt nie mehr zurück. Das liegt einfach an der Tiefe des Bahnhofwirtschaftswesens in Wasserburg am Bodensee um das Jahr 1927. Selbst wenn die Gemeinde nur 600 oder 800 Einwohner gezählt haben mag und von denen nur 150 in die Wirtschaft gekommen sind, waren es in Wirklichkeit doch Tausende und Abertausende, weil doch im Lauf der Jahre jeder hunderte von Malen eintrat und auftrat und jedes Mal als ein anderer. Eine schon wieder ins Unendliche tendierende Multiplikation. Und die Fremden! Die gab es ja auch. Die mußten doch den Einheimischen sagen, daß das Dorf am Bodensee liege und daß das nicht nur für Fischer und für den Friedhof günstig sei. Was taten sie noch? Die ließen auf gerade aufgeschnittene Semmeln, die sie mit der von der Bäckerwärme sich auflösen wollenden Butter bestrichen hatten, Honig triefen; durch die Morgensonne ließen sie den triefen; Morgensonnenhonig ließ der Fremde damals auf bäckernest-

warme, also butterschmelzende Semmeln triefen, dann biß er hinein. Er saß ja auf der fensterlosen, wenn auch blechgedeckten Terrasse; in der Terrassenmauer hatte der alles bauende Großvater, damit es leicht und luftig bliebe, jeden zweiten Ziegelstein weggelassen; aber die Geranien strudelten dicht und wild aus ihren Kästen auf dieser halbhohen Mauer. Damit könnten sich die, die sich noch nicht an den Bahnhof und nicht an die Fremden plus Honigsemmeln verloren haben, an die Geranienkästen verlieren. Wer da einsteigt, kommt im Herbst unweigerlich in den Keller, wo die Geranien auf Gestellen überwintern, wo es friedhofhaft riecht, wo der Kartoffelkeller mit weißen Trieben, der Weinkeller mit feurigen Düften benachbart ist. Dort gibt es zum Verlorengehen auch noch den Obstkeller. Den Eiskeller, in dem die Schweinehälften senkrecht hingen und breit die Brust des Kalbs und als Ketten die Würste. Und die Waschküche. In der wird geschlachtet. Für immer. Aber alle, die sich über drei Stufen nach hinten hinaus retten in den Hof, sind in Gefahr, im nur zu ertastenden Dunkeltum von Remise, Schopf oder Stall zu verschwinden; da soll es ruhig nach gequälter Katze riechen, nach betasteten Mädchen, Kohle, gemischtem Kinderurin. Oder ist es besser, den Apfelbäumen zu verfallen, dem Birnenspalier, der Traubenwand, den hohen Stößen aus Holz? Eine Holzhandlung gehörte doch auch dazu. Und die Kohlenhandlung. Auch mit Fetten war ein glückloser Handel versucht worden. Angorahasen sollten verkäufliche Wolle bringen. Silberfüchse waren vorgesehen. Der Nachbar probierte Biber. Nein, die unglückliche Ökonomie dieser Jahre ist fast das Attraktivste. Weg davon. Wohin? Zum Nachbar Schuhmacher? Aber zu welchem,

wenn zwei Schuhmacher ihre Lederdüfte und Sohlengeschichten von Ost und Südwest hersenden? Oder gleich zum Schreiner, der, bevor er mit einem sprechen konnte, seine irrsinnigen Maschinen zum Schweigen bringen und, um die Augen richtig öffnen zu können, das Sägmehl aus der Luft wischen mußte.
Er soll weder Maschinen abstellen, noch Sägmehl aus der Luft wischen. Wenn zu der unendlichen Gegenständlichkeit auch noch die Zeit ihre Macht andeuten dürfte, gibt es gar keine Rettung mehr. Dann wäre nicht mehr zu verschweigen, daß zum Anwesen, an der Terrassenecke, die höchste Fahnenstange des Dorfes gehörte, bestimmt dafür, ortsfremde, aber weißblau durchgesetzte Belange zu feiern; aber dann wurde, weil ein noch fremderes Vaterland uns rekrutiert hatte und weil vor dem Bahnhof Platz war für die Aufstellung von Marschkolonnen und weil, nach der Auflösung derselben, ein Bier erwünscht sein konnte, deshalb wurde zur Attraktion von Durstigen also auch die schwarzweißrote Fahne und dann auch noch die schwarzweißrote plus Hakenkreuzkreis gehißt. Da begänne die Handlung. Ich lasse die Kolonnen des Kriegervereins, Gesangvereins, Musikvereins, der Marine-SA unformiert. Die Fahnen bleiben unentfaltet in der Wirtschaft, wo sie werktags bei den Pokalen verdämmern. Wir waren der Tummelplatz jeder Geschichte. Wir haben keine ausgelassen. Hier würden sich Wege trennen und jeder würde zum Entsetzlichen führen. Ein Krieg begänne. Ein Dorf würde überleben, um dann in der Neubauzeit unterzugehen. Alle 1927 in Wasserburg Geborenen bzw. alle Geborenen bzw. alle verlieren Wasserburg. Es ist nicht zu retten. So wenig wie die Menschen selbst. Als wir alle noch in jenem

Wasserburg lebten, wußten wir nicht, was das einmal für uns bedeuten würde. Von heute aus gesehen, bewegten wir uns DAMALS wie im Traum, wie auf der Bühne, wie im Roman. Dann kam der Auszug. Wir glaubten, Wasserburg verlassen zu können. Die Gegenwart winkte uns. Der Dialog wurde geübt. Die Behauptung geprobt. Die Verwirklichung von etwas, das wir selbst nicht kannten, aber durch die Verwirklichung kennenlernen wollten: das sogenannte Selbst. Kannst du dazu auch noch Geld verdienen? Alles wurde mit allem in Einklang gebracht. Und es wurde drauflosgelebt. Menschenfresser gab es nicht mehr, nur noch Anpassungsmeister: Professoren, Ärzte, Schriftsteller, Unternehmer, Pfarrer und Politiker, die dich bildeten für ihre Gegenwart. Du hast alles nachgemacht und den jeweils üblichen Preis bezahlt. Bis du merkst, was du tust, hast du es getan. Bis du merkst, daß die Korrektur einen neuen Irrtum installiert, ist der schon installiert. Bis du merkst, daß es zu spät ist, ist es zu spät. Was hast du getan? Zu wenig. Und das Wenige zu schnell. Das ist eben so. Ist das so? Bleibt das so? Du mußt alles noch einmal durchnehmen, Mensch. Von Wasserburg an. Jetzt ist alles Stoff. Von Wasserburg an. Jetzt, nachdem nichts mehr Leben und alles Stoff ist, kann man vielleicht endlich etwas anfangen damit. Von Wasserburg an.

Zeittafel

1927	Geboren in Wasserburg/Bodensee, am 24. März
1938–43	Oberschule in Lindau
1944/45	Arbeitsdienst, Militär
1946	Abitur
1946–48	Studium an der Theologisch-Philosophischen Hochschule Regensburg, Studentenbühne
1948–51	Studium an der Universität Tübingen (Literatur, Geschichte, Philosophie)
1951	Promotion bei Prof. Friedrich Beißner mit einer Arbeit über Franz Kafka
1949–57	Mitarbeit beim Süddeutschen Rundfunk (Politik und Zeitgeschehen) und Fernsehen In dieser Zeit Reisen für Funk und Fernsehen nach Italien, Frankreich, England, ČSSR und Polen
1955	*Ein Flugzeug über dem Haus und andere Geschichten* Preis der »Gruppe 47« (für die Erzählung *Templones Ende*)
1957	*Ehen in Philippsburg.* Roman Hermann-Hesse-Preis (für den Roman *Ehen in Philippsburg*) Umzug von Stuttgart nach Friedrichshafen
1958	Drei Monate USA-Aufenthalt, Harvard International Seminar
1960	*Halbzeit.* Roman
1961	*Beschreibung einer Form* (Druck der Dissertation)
1962	*Eiche und Angora.* Eine deutsche Chronik Gerhart-Hauptmann-Preis
1964	*Überlebensgroß Herr Krott.* Requiem für einen Unsterblichen *Lügengeschichten* *Der Schwarze Schwan* (geschrieben 1961/64)

1965	*Erfahrungen und Leseerfahrungen.* Essays Schiller-Gedächtnis-Förderpreis des Landes Baden-Württemberg
1966	*Das Einhorn.* Roman
1967	*Der Abstecher* (geschrieben 1961) *Die Zimmerschlacht* (geschrieben 1962/63 und 1967) Bodensee-Literaturpreis der Stadt Überlingen
1968	*Heimatkunde.* Aufsätze und Reden Umzug nach Nußdorf
1970	*Fiction* *Ein Kinderspiel*
1971	*Aus dem Wortschatz unserer Kämpfe.* Szenen
1972	*Die Gallistl'sche Krankheit.* Roman
1973	*Der Sturz.* Roman Sechs Monate USA-Aufenthalt: Middlebury College (Vermont) und Universität von Texas, Austin
1974	*Wie und wovon handelt Literatur.* Aufsätze und Reden
1975	*Das Sauspiel.* Szenen aus dem 16. Jahrhundert Zwei Monate in England: University of Warwick
1976	*Jenseits der Liebe.* Roman Vier Monate USA-Aufenthalt: University of West Virginia, Morgantown
1978	*Ein fliehendes Pferd.* Novelle *Ein Grund zur Freude.* 99 Sprüche *Heimatlob.* Ein Bodenseebuch mit Bildern von André Ficus
1979	*Wer ist ein Schriftsteller.* Aufsätze und Reden *Seelenarbeit.* Roman Drei Monate USA-Aufenthalt. Dartmouth College
1980	*Das Schwanenhaus.* Roman

Lyrik für Leser

Deutsche Gedichte der siebziger Jahre

Herausgegeben von Volker Hage

In diesen 94 Texten von 27 Autoren zwischen 26 und 50 Jahren sammelt der FAZ-Redakteur Volker Hage den lyrischen Trend der siebziger Jahre. Denn daß uns dieses nun abgeschlossene Jahrzehnt eine neue Blüte des Gedichts brachte – darüber war man sich plötzlich in seiner Mitte einig. Daß dabei auch eine gemeinsame Sprechweise, übereinstimmende stilistische Charakteristika das Bild bestimmten, wird versucht aufzuzeigen: alltägliche, fast private Themen werden nicht mehr gescheut, eine neue Natürlichkeit und ein unverstelltes Ichgefühl (das Schlagwort von der neuen Innerlichkeit ging um) meldeten sich zu Wort, und Charme und Spott, Lässigkeit und Schärfe, Melancholie und Schnoddrigkeit sind die Haltungen, die kultiviert werden. Die Gedichttexte haben Erfolg: es ist berechtigt, von einer Lyrik für Leser zu sprechen.

Universal-Bibliothek Nr. 9976 [2]

Philipp Reclam jun. Stuttgart

Martin Walser
Sein Werk im Suhrkamp Verlag

Das Einhorn
Das Sauspiel. Szenen aus dem 16. Jh.
Das Schwanenhaus. Roman
Der Abstecher. Die Zimmerschlacht
Der Sturz. Roman
Die Gallistl'sche Krankheit. Roman
Ehen in Philippsburg. Roman
Eiche und Angora. Eine deutsche Chronik
Ein fliehendes Pferd. Novelle
Ein Flugzeug über dem Haus
und andere Geschichten
Halbzeit. Roman
Jenseits der Liebe. Roman
Seelenarbeit. Roman
Wie und wovon handelt Literatur